안
특별기획
단편선집

LOVE

by Anton Chekhov

CONTENTS

어느 관리의 죽음

*

어느 멋진 저녁, 이에 못지않게 멋진 회계원 이반 드미뜨리치 체르바꼬프는 객석 두 번째 줄에 앉아 오페라 안경으로 「코르네빌의 종」*을 보고 있었다. 공연을 볼 때 그의 기분은 행복의 절정 수준이었다. 그런데 갑자기… 그가 얼굴을 찡그리더니 눈을 희번덕이며 숨을 멈췄다…. 그는 오페라 안경에서 눈을 떼고 몸을 움츠렸다. 그리고는… 에취!!! 아뿔싸! 재채기를 한 것이다. 그 누구라도, 그 어디에서라도 재채기를 막을 수는 없다. 농부도 경찰서장

---

* 플란케트(1848-1903)의 오페레타.

도, 심지어 국장님도 재채기를 한다. 누구나 재채기를 한다. 체르바꼬프는 조금도 당황하지 않고 손수건으로 얼굴을 훔친 다음 예절 바른 사람답게 주위를 둘러보았다. 재채기 때문에 남에게 폐를 끼친 건 아닐까? 헌데 저런, 당황스런 일이 생겼다. 그의 앞, 첫 번째 줄에 앉아 있던 노인이 자신의 대머리와 목을 장갑으로 열심히 닦으며 뭐라 투덜거리는 것을 보았다. 체르바꼬프는 그 노인이 운수성에 근무하는 브리잘로프 장군이라는 것을 알아보았다.

'저 분에게 침이 튀었어!'

체르바꼬프는 생각했다.

'우리 부서장은 아니지만 그래도 곤란하게 됐군. 사과를 해야지.'

체르바꼬프는 헛기침을 하고 몸을 앞으로 숙여 장군의 귀에 조심스럽게 속삭였다.

"용서하세요. 각하. 제가 침을 튀겼군요. 본의가 아니었습니다만…."

"괜찮아요, 괜찮아…."

"제발 용서하십시오. 저는 그저… 저도 모르게!"

"아, 앉으세요. 제발! 공연 좀 봅시다."

체르바꼬프는 머쓱해서 바보 같은 미소를 보이고는 다시 무대 쪽을 보았다. 보기는 봤으나, 행복은 더 이상 느낄 수 없었다. 오로지 불안만이 그를 괴롭혔다. 휴식 시간에 그는 브리잘로프에게 다가갔다. 주변에서 머뭇거리던 그는 마침내 용기를 내어 더듬더듬 말했다.

"제가 그만 침을 튀겼습니다. 각하… 용서하십시오. 전 그저… 다만…."

"허, 정말… 나는 벌써 잊어버렸다니까. 아직도 그 얘기요!"

장군은 신경질적으로 아랫입술을 떨며 말했다.

'잊어버렸다고 하지만 눈에는 원한이 담겨 있는 걸.'

체르바꼬프는 그렇게 생각하며 의심스런 눈초리로 장군을 흘깃거렸다.

'말도 안하려고 하네. 내가 전혀 그럴 의도가 없었다고 해명을 해야 될 텐데… 재채기는 자연의 순리라고 말이야. 안 그러면 내가 일부러 침을 튀긴 거라고 생각할 거야. 지금은 그런 생각을 안 하더라도 나중에 그러겠지!'

집으로 돌아와서 체르바꼬프는 아내에게 자신의 무례한 행동에 대해 이야기했다. 그의 생각에 아내는 이 사건을 너무 가볍게 받아드리는 것 같았다. 그녀는 깜짝 놀라긴 했지만 브리잘로프가 다른 부서임을 알고는 안심했던 것이다.

"그렇다하더라도 당신이 가서 사과하세요."

"안 그러면 당신이 사람들 있는 데서 예절도 못 차린다고 오해할

테니!"

"그래. 바로 그거야! 사과를 했는데도 그 사람은 뭔가 이상 했어… 한마디 대꾸도 없더라고, 하긴 제대로 이야기할 시간도 없었지만."

다음날 체르바꼬프는 새 관복을 차려입고 말끔하게 면도한 모습으로 브리잘로프에게 어제의 사건에 대해 해명하러 갔다. 장군의 접견실에는 청원자가 많이 보였고 그들 틈에서 바로 장군이 벌써 접견을 시작하려는 것이 보였다. 장군은 몇몇 청원자들과 이야기를 주고받은 후에 눈을 들어 체르바꼬프를 보았다.

"기억나실지 모르겠지만, 각하. 어제 아르카지아 극장에서"

회계원인 체르바꼬프는 여쭙기 시작했다.

"제가 재체기를… 했습죠만…. 그래서 본의 아니게 침을 튀겼습니다…. 죄송하…"

"거 무슨 쓸데없는… 그래서 어쩌겠다는 거요! 선생은 무슨 일이시죠!"

장군은 다음 청원자를 향해 고개를 돌렸다.

'말하기 싫다 이거군!'

체르바꼬프는 얼굴이 창백해졌다.

'화가 났다는 얘기야…. 아니, 이대로 내버려둬선 안 되겠어…. 해명을 해야지….'

장군이 마지막 청원자와 면담을 끝내고 내실로 향할 때, 체르바
꼬프는 황급히 그를 쫓아가며 중얼거렸다.

　"각하! 제가 감히 이렇게 폐를 끼치게 된 이유는 외람된 말씀이
지만 참회의 감정 때문입니다! 본의가 아니었다는 걸 제발 알아주
십시오!"

　장군은 울상을 지으며 손을 흔들었다.

　"여보세요. 날 놀리자는 겁니까, 뭡니까!"

　그는 그렇게 말하고 문을 닫았다.

　'놀리다니…. 무슨 말이지?'

　체르바꼬프는 생각했다.

　'놀리려는 생각은 아주 조금도 없었어! 장군은 이해를 못하시는
군! 그렇다면 좋아. 더 이상 이런 오만한 인간에게 사과하지 않겠
어! 맘대로 하라지! 편지를 쓸거야. 더 이상 찾아가지 않아! 젠장!
안 찾아가겠어!'

　그리고 체르바꼬프는 집으로 돌아왔다. 하지만 편지를 쓸 수 없
었다. 생각에 생각을 거듭해 보아도 무슨 얘기를 써야 될지 몰랐
던 것이다. 결국 어쩔수 없이 다음날 장군을 찾아갔다.

　"각하, 저는 어제 와서 폐를 끼친 사람입니다만."

　장군이 그를 의아한 눈길로 쳐다보자 그는 머뭇거리며 말했다.

　"그건 각하께서 말씀하신 것처럼 놀리려는 뜻이 아니었습니다.

다만 저는 제가 재채기를 하고 침을 튀긴 것에 대해서 사과를 드리려던 것이었지, 놀리려는 생각은 전혀 없었습니다. 어떻게 제가 감히 각하를 놀리겠습니까? 만약에 제가 웃었다면 그건 높으신 어른에 대한 존경심 때문입죠. 제가 설마…"

"꺼져!"

장군은 얼굴이 파랗게 질려서 속삭이듯 떨며 소리를 빽 질렀다.

"뭐라고요?"

체르바꼬프는 두려움에 질려서 속삭이듯 물었다.

"꺼지라니까!!"

장군이 발을 구르며 다시한번 말했다.

체르바꼬프의 뱃속에서 무언가가 터져버렸다. 아무것도 보이지 않고 아무것도 들리지 않는 상태로 그는 문쪽으로 뒷걸음질쳤다. 그리고 온몸에 힘이 풀린 듯 흐느적흐느적 밖으로 걸어 나갔다. 기계적으로 걸음을 옮겨 집에 돌아온 그는 관복을 벗지도 않은 채로 소파에 몸을 누웠다. 그리고… 죽었다.

LOVE

by Anton Chekhov

단막 소극

곰

N. N. 솔로프쪼프에게 바침

　1888년 2월에 창작되어 같은 해 8월에 신문을 통해 발표되었고 같은 해 10월에 모스크바의 꼬르쉬 극장에서 성공적으로 공연되었다.

　이 작품은 체호프에게 최초로 희곡과 공연을 통해서 모두 성공을 가져다 준 단막극이다.

등장인물

옐레나 이바노브나 뽀뽀바. -젊은 과부, 여지주

그리고리 스쩨빠노비치 스미르노프. -젊은 지주

루까. -뽀뽀바의 하인, 노인

뽀뽀바 저택의 거실

1.

뽀뽀바와 루까.

뽀뽀바는 상복 차림으로 사진에서 눈을 떼지 않고 있다.

루까   이러시면 안 됩니다. 아씨… 몸만 상하십니다…. 하녀
랑 식모는 딸기 따러 갔고, 살아 숨 쉬는 모든 것들이
기뻐하고 저 고양이조차 자기 오락거리를 아는지 마당
을 돌아다니며 새를 잡고 있는데, 아씨께서는 마치 수
녀원에 게신 것처럼 아무런 오락거리 없이 하루 종일

방안에만 계시니… 세상, 벌써 1년은 지난 것 같은데 아씨께서는 문밖출입조차 전혀 안 하시니…

뽀뽀바 절대 밖으로 나가지 않을 거야… 내가 왜 그래야해? 내 인생은 이미 끝났어. 그이는 무덤 속에 묻히고 난 이 4면 벽 속에 묻힌 거야. 그러니 우린 둘 다 죽은 거야.

루까 아니, 무슨 그런 말씀을! 듣지 않는게 더 낫겠어요. 정말 니꼴라이 미하일로비치는 돌아가실 운명이셨고 신의 뜻에 따라 그렇게 되신 겁니다. 그분의 명복을 빕니다… 물론 슬프시겠지만 이제 그만 하세요. 평생을 울며 상복을 입을 수는 없는 일이에요. 저도 예전에 마누라가 죽었지만… 어쩌겠어요? 한 달가량 슬퍼하고 통곡하고 할멈하고 끝냈어요. 한평생 운명을 한탄할 수도 없는 일인데다, 그럴만한 할멈도 아니었죠. (한숨) 그런데 아씨께서는 이웃들도 다 잊어버리시고… 왕래를 통 안 하시니. 이렇게 말씀드려 죄송합니다만, 우리는 거미처럼 햇빛을 안보고 살고 있어요. 하인복은 쥐가 다 갉아먹고, 좋은 분들이 안 계시다면 모르지만, 우리 지방에는 많은 분들이 계시죠… 뤼브로프에는 연대가 주둔하고 장교들은 깨끗한 사탕들같이 아무리 봐도 질리지 않죠! 그 병영에는 금요일에는 무도회가 열리고 매일 군악대가 음악을 연주해요… 세상에, 아씨! 젊으시지 고우시지 혈색 좋으시지, 즐기며 사셔도 될 것을… 고운 것도 영원히 계속되는 건 아닙니다! 한 십 년만 지나면 아씨께서 아무리 자신 있게 장교님들을 유혹하셔도 그 때는 이미 늦은 거라고요.

뽀뽀바 (단호하게) 내 앞에서 절대로 그런 말 하지 마! 니꼴라이 미하일로 비치가 돌아가신 후 내 인생은 모든 의미가 사라져 버렸다는 걸 잘 알잖아. 내가 살아 있는 것처럼 보이겠지만 그건 그렇게 보일 뿐이야! 죽을 때까지 이 상복을 벗지도, 빛을 보지도 않겠다고 맹세했어… 알겠어? 내가 얼마나 그이를 사랑하는지, 그이 유령이 봐야 해… 그래, 알아, 그이가 자주 나를 부당하게 대하고 함부로 하고 게다가 배신까지 했다는 거 할아범한테도 비밀이 아니지만, 난 죽을 때까지 정조를 지키고 내가 사랑할 줄 아는 사람이라는 것을 증명할 거야. 저 세상에서 그이는 죽기 전과 다름이 없는 나를 보게 될 거야…

루까 그런 말씀보다, 정원을 거니시거나, 또비나 벨리깐을 마차에 매어 이웃에 다녀오시는 게 더 나으실 텐데요….

뽀뽀바   아!… (운다)

루까   아씨!… 아씨!… 왜 그러십니까? 세상에나!

뽀뽀바   그이는 또비를 굉장히 예뻐했어! 항상 또비를 타고 꼬
르차긴 댁과 블라소프 댁을 다니셨지. 정말 말을 잘 타
셨어! 그이가 힘껏 고삐를 잡아 다닐 때 그 우아한 모
습은 정말! 기억나지? 또비, 또비! 오늘 또비에게 귀리
8분의 1 파운드 더 주라고 해.

루까   알겠습니다!

요란한 벨소리

뽀뽀바   (몸을 떨며) 누구지? 아무도 만나지 않는다고 전해!

루까   네, 그러죠! (퇴장)

2

뽀뽀바   (혼자서)

뽀뽀바   (사진을 바라보며) 당신 보게 될 거예요. 니꼴라스, 얼
마나 내가 용서할 줄 알지… 내 가련한 심장이 멈춰버
릴 때, 내 사랑도 나와 같이 사라질 거예요 (눈물을 흘

19

리며 웃는다) 당신, 양심의 가책을 느끼지 않아요? 나
는 정숙하고 행실이 바른 아내고, 스스로 자물쇠를 채
우고 죽을 때까지 절개를 지키려고 하는데, 당신은…
당신 양심의 가책을 느끼지도 않아, 이 뚱보? 나를 배
신하고 바람을 피우고 몇 주일 동안 날 혼자 놔두다
니…

3

뽀뽀바와 루까

루까	(등장, 허둥지둥) 아씨, 어떤 분이 찾아오셨습니다. 뵙기를 청하는데요…
뽀뽀바	남편이 돌아가신 후로 내가 그 누구와도 만나지 않겠다고 말하지 않았어?
루까	말씀드렸는데, 듣지 않으시고 굉장히 중요한 일이라고 말씀하세요.
뽀뽀바	난 만―나―지―않―을―거―야!
루까	제가 말씀드렸지만… 도깨비같이 욕설을 퍼부으며 방

으로 밀고 들어오더니… 지금 식당에 서 있어요.

뽀뽀바   (흥분하며) 알았어, 들어오시라고 해… 정말 무례하네!

루까 퇴장

뽀뽀바   정말 힘든 사람들이야! 나한테 원하는게 뭐지? 대체 왜
         나의 평안함을 방해하는 거야? (한숨 쉰다) 아냐, 정말
         수녀원에 들어가야만 하나봐…. (생각에 잠겨) 그래,
         수녀원에….

4

뽀뽀바, 루까 그리고 스미르노프

스미르노프   (등장하며, 루까에게) 멍청이, 필요없는 말을 저렇
           게 많이 하니… 바보 같은 놈! (뽀뽀바를 보고는, 품위
           있게) 처음 뵙겠습니다. 부인, 퇴역 육군 포병 중위이
           고 지주인 그리고리 스쩨빠노비치 스미르노프 입니다!
           너무 중대한 일이라 부득이하게 부인을 귀찮게 해드리
           게 됐습니다…

뽀뽀바   (손을 내밀지 않으며) 무슨 일이세요?

스미르노프   저와 친분이 있었던 돌아가신 남편께서 어음 2장을 제게 주고 천이백 루블을 빌려 가셨습니다. 내일 제가 이자를 은행에 갚아야 하니, 오늘 부인께서 그 돈을 갚아 주셨으면 합니다.

뽀뽀바   천 이백… 무슨 이유로 제 남편이 돈을 빌린 건가요?

스미르노프   저한테 귀리를 사 가셨습니다.

뽀뽀바   (한숨을 쉬며, 루까에게) 옳지, 루까, 잊지 말고 또비에게 귀리 8분의 1파운드 더 주라고 해. (루까 퇴장. 스미르노프에게) 니꼴라이 미하일로비치가 당신께 빚을 졌다면, 제가 갚아 드리는게 당연하죠. 그런데 미안합니다만, 오늘은 제가 가진 돈이 없네요. 내일 모레 저희 집사가 시내에서 돌아오면 받으셔야 할 돈을 드리라고 이야기 해 놓겠지만, 현재는 원하시는 걸 해드릴 수 없군요… 게다가 오늘은 제 남편이 돌아가신 지 꼭 7개월째 되는 날이어서, 금전적인 부분에는 관여하고 싶지 않은 기분이에요.

스미르노프   전 내일 이자를 갚지 못하면 굴뚝에 머리를 처박게 될 것 같은 기분입니다. 제 영지가 차압당하니까요.

뽀뽀바   모레 그 돈을 드리겠어요.

스미르노프   전 모레가 아니라 지금 돈이 필요합니다.

뽀뽀바   죄송하지만, 지금은 돈을 드릴 수가 없어요.

스미르노프   모레까지는 기다릴 수 없습니다.

뽀뽀바   그럼 어쩌자는 거에요, 지금은 돈이 없는데!

스미르노프   그래서 돈을 줄수 없다는 겁니까?

뽀뽀바   어쩔 수 없네요…

스미르노프   음!… 그게 부인의 마지막 대답입니까?

뽀뽀바   네, 마지막 대답이에요.

스미르노프   마지막? 확실한거죠?

뽀뽀바   확실해요.

스미르노프   대단히 감사합니다. 그렇게 기록해 두죠. (어깨를 으쓱하며) 이러는데도 내가 냉정했으면 하고 다들 원하니! 조금 전 길에서 만난 세무사가 물어보더군요. "그리고리 스쩨빠노비치, 왜 당신은 항상 화가 나 계십니까?" 아니 어떻게 제가 화가 안 날 수 있어요? 돈이 너무나도 필요한데…. 어제 아침 새벽녘에 나와 채무자들에게 모두 들렀어요. 혹시 그들 중 단 한 명이라도 빚을 갚을까 해서였죠! 기진맥진해서 개처럼 잠든 곳이 빌어먹을, 유태인 선술집의 술통 옆이었습니다… 결국, 집에서 70베르스따(옛 러시아의 거리 단위 : 역주)나 떨어진 이곳에선 받을 수 있을까 기대했더니, "기분이 어쩌고" 하면서 이렇게 환대를 하시니! 내가 어떻게 화가 나지 않을 수 있겠습니까?

뽀뽀바   제가 정확히 말씀드린 것 같은데요. 집사가 시내에서 돌아오면 그때 드리겠다고.

스미르노프 전 집사가 아니라 부인을 찾아 온 겁니다! 이런 표현해 죄송합니다만, 그놈의 집사 도깨비처럼 물려갔으면 좋겠어요!

뽀뽀바   미안합니다만, 전 그런 이상한 어조와 표현에 익숙하지 않아요. 더 이상 듣지 않겠어요.(빠르게 퇴장)

5

스미르노프(혼자서)

스미르노프 얘기해 봐요! 기분이라고… 남편이 7개월 전에 돌아가셨다고! 그래 난 이자를 갚아야 하는 겁니까. 마는 겁니까? 부인게 묻잖소. 이자를 갚아야 하는 겁니까 아닙니까? 그래. 당신 남편이 죽어 기분이 그렇고 이런저런 변덕을 부리시니… 집사는 어디를 가고, 빌어먹을, 그럼 나한테 어쩌자는 거요? 빚쟁이들한테서 풍선이라도 타고 도망치라는 겁니까? 아니면 이리 저리 도망치다 벽에 머리통을 박으라는 겁니까? 그루즈데프한테 갔더니 집에 없고 야로쉐비치는 숨어 버리고, 꾸리쯔인하고는 죽도록 싸워 거의 그 인간을 창문으로 내던지다시피 한데다, 마주또프는 콜레라에 걸렸고 이 집 여자는 그럴 기분이 아니라니, 단 한 놈의 사기꾼도 갚질 않으니! 모든 게 내가 너무 봐줘서 그런 데다, 내가 겁쟁이, 쓰레기, 여자 같아서 그런 거야! 내가 저들을 너무 정중하게 대해서 그런 거야! 그래 기다려! 내가 어떤지 알게 될 테니! 나를 놀리는 건 참을 수 없지, 빌어먹을! 저 여자가 돈을 줄 때까지 여기 이렇게 뻗치고 있을 거야! 부르르…! 난 오늘 정말 화가 나, 화가 났다고! 화가 나서 무릎이 덜덜 떨리고 숨이 막혀… 휴우, 세상에, 어지럽기까지 하군! (소리 지른다) 이봐!

6

스미르노프와 루까

루까　　(등장) 왜 그러십니까?

스미르노프　*끄바스*나 물 좀 가져와!*

루까 퇴장

스미르노프　참나, 이런 법이 어디 있어! 목을 맬 만큼 정말 돈이
　　　　　필요한데, 저 여자는 뭐, 금전적인 문제에 관여하고 싶
　　　　　지 않아 갚지 않겠다니!… 여자들의 전형적인 스커트
　　　　　논리라니까! 그래서 지금껏 난 사랑에 빠지지도 않고
　　　　　여자들과 말하는 걸 싫어한 거라고. 여자들과 말하는
　　　　　것보다 화약통에 앉아 있는 게 나한테는 더 쉬워. 부
　　　　　르르!… 소름이 오싹 끼칠 정도로 저 여잔 나를 화나게
　　　　　했어! 난 멀리서라도 저런 매혹적인 존재를 보기만 하
　　　　　면 화가 나서 장딴지에 경련이 일어. 도움을 구하고
　　　　　싶을 정도로 곤란한 상태가 된다니까.

---

*러시아 전통 차

7

스미르노프와 루까

루까   (등장, 물을 준다) 아씨가 몸이 불편하셔서 뵐 수 없다
         고 하십니다.

스미르노프   꺼져!

루까 퇴장

스미르노프   몸이 불편해서 뵐 수 없어! 그래 만나지 말라고 해…
         돈을 줄 때까지 여기 이렇게 앉아 있을 테니까. 일주일
         아프면 나도 일주일 여기서 앉아 있고… 일 년을 아프
         면 나도 일 년 있고…. 난 내일 갈 거요. 부인! 상복이
         나 뺨에 있는 보조개도 나를 감동시키지 못해요… 우
         린 그런 보조개를 잘 알죠! (창문에 대고 소리친다) 세
         묜, 말을 풀어놔! 금방 떠날 거 아니니까! 난 여기 좀 있
         을 거야! 마구간에 얘기해 말들한테 귀리 좀 주라고!
         이 자식아, 또 네 왼쪽 부마가 고삐에 걸렸잖아! (흥분
         하며) 괜찮다니… 널 가만 두지 않을 거야- 괜찮다니!
         (창문에서 물러서며) 되는 게 하나도 없어…. 끔찍하
         게 더운데다, 아무도 돈을 갚지 않지. 밤엔 잠도 못 자

는데, 여기 상복 걸친 저 여자는 기분 타령이니… 머리가 아파…. 보드카나 마실까? 그래 마시자. (소리친다) 이 봐!

루까   (등장) 왜 그러십니까?

스미르노프   보드카 한 잔 가져 와!

루까 퇴장

스미르노프   휴우! (앉아서 자신을 살펴본다) 말이 다 안 나오는군, 멋져! 먼지투성이에 부츠는 더럽고, 세수도 머리 빗질도 못한데다, 조끼에는 지푸라기…. 어쩜 부인이 나를 도둑 놈으로 생각할지도 모르겠군, (하품한다) 좀 무례하게 이런 꼴로 거실에 나타났지만, 뭐 어때… 난 손님이 아니라 빚쟁이고 빚쟁이 한테는 정장따위 필요 없는 거지….

루까   (등장, 보드카를 주며) 너무 마음대로 행동하십니다. 나리….

스미르노프   (화내며) 뭐?

루까   전… 전 아무 것도… 전 사실….

스미르노프   누구한테 감히 말하는 거야! 입 닥쳐!

루까   (방백)진드기처럼 착 달라붙었어… 재수 없어서….

루까 퇴장

스미르노프　아, 정말 화가나 미치겠군! 정말 화가 나 세상을 전부 쓸어버리고 싶어…. 어지럽기까지 하니….(소리친다) 이봐!

8

뽀뽀바와 스미르노프

뽀뽀바　(두 눈을 내리깔고 등장) 저는 오랫동안 이렇게 은둔해서 살면서 사람 목소리를 잊어 그런 고함소리를 견딜수가 없어요. 간절히 바라는건데 저의 평온을 깨뜨리지 말아 주세요!

스미르노프　돈을 갚아 주시면 전 갑니다.

뽀뽀바　제가 우리나라 말로 말씀드렸잖아요. 지금 저한테는지불할 돈이 없어서 모레까지 기다려 달라고요.

스미르노프　저도 우리나라 말로 이렇게 말씀드렸습니다. 나한테 돈이 필요한 건 모레가 아니라 오늘이라고 오늘 돈을 갚지 않으면, 내일 전 목을 매야만 합니다.

뽀뽀바　저한테 돈이 없는데 어떡해요? 정말 이상하시네요.

스미르노프　그러니까 지금 돈을 못 갚아 주시겠다고요? 네?

뽀뽀바　어쩔 수 없어요….

스미르노프　그렇다면 돈을 주실 때까지 여기 앉아 있겠습니다…. (앉는다) 모레 주시겠어요? 좋습니다! 모레까지 이렇게 앉아 있죠. 자 이렇게 앉아 있겠어요…. (벌떡 일어서며) 부인께 묻겠습니다. 제가 내일까지 이자를 갚아야합니까 아닙니까?… 아니면 제가 농담한다고 생각하시는 겁니까?

뽀뽀바　제발 소리 지르지 말아요! 여긴 마구간이 아니라구요!

스미르노프　저는 마구간에 대해서가 아니라 내일 제가 이자를 갚아야 되는지 아닌지를 물었습니다.

뽀뽀바　당신은 여자에 대한 예의를 모르시는군요!

스미르노프　아니오. 난 여자에 대한 예의를 잘 알고 있습니다!

뽀뽀바　아니오. 몰라요! 당신은 교양 없고 무례한 사람이에요! 점잖은 사람은 숙녀들과 그렇게 대화를 나누지 않아요!

스미르노프　아하, 놀랍군요. 그럼 부인과 어떻게 대화를 나누라고 명령하시겠습니까? 프랑스 어로요? (화가 나서 씩

씩거리며) 마담, 즈 부 쁘리!* 부인께서 돈을 갚아 주지 않으시니 정말 행복합니다… 아, 걱정을 끼쳐드리려, 빠르동!** 오늘 정말 날씨가 좋네요! 상복이 부인께 너무 잘 어울리십니다.(발을 뒤로 빼고 인사한다)

뽀뽀바   무식하고 무례하군요.

스미르노프   (그녀 흉내를 내며) 무식하고 무례하군요. 내가 여자를 대하는 예의가 없다니! 부인, 난 평생 동안 당신이 본 참새 수보다 훨씬 더 많이 여자를 만났습니다. 여자들 때문에 세 번이나 난 결투에서 총을 쐈고 12명의 여자를 버렸고 9명의 여자가 나를 버렸죠! 그래요! 바보같은 짓도 하고 감상적이 되어 입에 발린 말을 하기도 하고 알랑거리고 매너도 좋았죠…. 사랑하기도 하고 번민하기도 하고 달을 보고 한숨 쉬기도 하고 맥이 빠지기도 하고 도취되기도 하고 냉담해지지도 하고… 모든 방법을 동원해서 열정적으로 미친 듯이 사랑했고, 빌어먹을, 수다쟁이처럼 여성해방에 대해 떠들며 편안한 기분으로 내 재산의 반을 써버렸지만, 지금은 정말 싫습니다. 지금은 절대로 안 속아요! 됐어

---

* 불어. 부인, 부탁합니다
** 불어. 미안합니다

요! 새까만 두 눈, 정열적인 두 눈에, 새빨간 입술, 두 뺨에 있는 보조개, 달빛 속삭임, 수줍은 듯한 숨소리, 이 모든 것에 대해, 부인, 전 단 한푼의 동전도 지불하지 않을 겁니다. 이 자리에 있는 사람에 대해 말하는 건 아니지만, 여자들은 노소를 막론하고 모두 새침떼기에 잘난척하고 수다떨고 남을 미워하는데다 뼛속까지 거짓말쟁이에, 안달 떨고 속좁은 무자비하고 말도 안 되는 논리를 펴죠. 하지만 바로 여기(자신의 이마를 두드린다)에 관계된 거라면 이런 직접적인 표현이 죄송하지만, 치마 두른 철학자보다는 참새가 훨씬 더 낫죠. 그 시적인 존재는 새하얀 무명, 깨끗한 공기, 너무나 황홀한 존재처럼 보이지만, 마음을 들여다보면 너무나 평범하고 탐욕스러운 존재라고요! (의자 등받이를 잡자, 의자가 소리를 내며 부서진다) 그중 가장 말도 안 되는 것은 어쩐 일인지 이 탐욕스러운 존재는 부드러운 감정이 자신의 걸작이고, 특권이라고 상상하는 겁니다! 이런 빌어먹을, 여자들이 복슬강아지 이외에 뭔가를 사랑할 줄 안다면, 나를 저 못에 거꾸로 매달아요!… 여자들은 사랑을 하며 그냥 넋두리를 하거나 제멋대로 행동하죠! 남자들이 고통 받고 희생당하는 동안, 여자들은 꼬리를 치며 더 심하게 남자들을 마음대로 하며 자신들의 모든 사랑을 표현하죠! 당신은 불행하게도 여자니까, 스스로 여자의 천성을 잘 알고 있을 겁니다! 양심적으로 말해보세요. 당신은 평생 동안 진실하며 정숙하고 변심하지 않는 여자를 본 적이 있어요? 못 봤을 겁니다! 정숙하고 변심하지 않는 여자는 노파와 못생긴 여자들뿐이에요! 변심하지 않는 여자를 보는 것보다 뿔 달린 고양이나 흰 도요새를 보는 게 더 빠를 겁니다!

뽀뽀바　그렇다면 당신 생각에는 누가 사랑에 충실하고 변심하지 않는다는 게에요? 남자라는 건 아니죠?

스미르노프　네, 남자죠!

뽀뽀바　남자! (악의적인 웃음) 남자들은 사랑에 충실하고 변심하지 않는다니! 처음 듣는 말이에요! (열렬하게) 어떻게 그런 말을 할 수 있죠? 남자들이 충실하고 변심하지 않는다니! 이렇게 된 이상 말씀드리겠는데 내가 알고 있는 모든 남자들 중 가장 훌륭한 남자는 죽은 제 남편이었어요…. 젊고 사색적인 여자들이 하는 것처럼 그렇게 온 몸을 바쳐 열정적으로 그이를 사랑했어요. 젊음과 행복, 제 인생과 재산을 다 바쳤고, 그이를 위해

살며 이교도처럼 숭배했는데… 그런데… 그런데 어쨌
는지 알아요? 남자들 중 가장 훌륭한 그이가 뻔뻔스러
운 방법들로 저를 항상 속였던 거예요! 그이가 죽은 후
책상에서 연애편지를 한 상자나 발견했어요. 생각하
기도 끔찍하지만, 생전에 그이는 몇 주일씩이나 나를
혼자 놔두고, 다른 여자들 뒤를 따라다니며 나를 배신
하고 내 돈을 낭비하고 내 감정을 비웃었던 거예요….
이런 모든 사실에도 불구하고 전 그이를 사랑했고 정
절을 지켰어요…. 그뿐 아니라 그이가 죽은 후 지금까
지도 전 정절을 지키고 변심하지 않았어요. 전 영원히
4면벽 속에 스스로를 가두고 무덤에 갈 때까지 이 상복
을 벗지 않을 거예요….

스미르노프   (깔보는 듯 한 웃음) 상복!… 당신은 도대체 나를 누
구라고 생각하는 겁니까? 무엇 때문에 당신이 검은 의
상을 입고 자기를 4벽 속에서 파묻어 버린 건지 난 정
말 이해할 수 없습니다. 그렇고말고요! 정말 신비스럽
고 매혹적이에요! 사관생도나 그저 그런 시인이 이 저
택 옆을 지나다, 창문을 들여다보고는 생각할 겁니다.
"남편을 향한 사랑 때문에 4면 벽 속에 자신을 가둬버
린 신비로운 여인이 여기 살고 있지, 그런 속임수는 잘

안 다구요!

뽀뽀바   (흥분하며) 뭐예요? 감히 어떻게 나한테 그런 말을 할 수 있죠?

스미르노프   자기를 생매장한 분이, 화장하는 건 잊지 않으셨네요!

뽀뽀바   어떻게 감히 나한테 그런 어조로 말할 수 있어요?

스미르노프   제발 소리 지르지 말아요. 전 당신의 집사가 아닙니다! 전 솔직하게 말하고 싶습니다. 난 여자도 아니고 내 생각을 그대로 표현하는데 익숙해 있어요! 제발 소리 지르지 말아요!

뽀뽀바   소리 지르는 건 내가 아니라 당신이에요! 제발 나를 그냥 놔둬요!

스미르노프   돈을 갚으시면 전 갑니다!

뽀뽀바   난 당신한테 돈을 주지 않을 겁니다!

스미르노프   아뇨, 주셔야 할 겁니다!

뽀뽀바   골탕 좀 먹어봐요. 단 1까뻬이까도 주지 않을 거니까요. 나를 제발 좀 놔둬요!

스미르노프   불행히도 난 당신 남편도, 약혼자도 아니니까 내 앞에서 그런 연극 하지 말아요 (앉는다) 난 그런 걸 좋아하지 않습니다.

뽀뽀바   나가요!

스미르노프   돈을 주세요…. (방백) 아, 정말 화가 치미는 군! 정
          말 화가 치밀어!

뽀뽀바   무례한 인간하고는 말 하지 않겠어요! 나가요! (사이)
          안 나갈 거예요? 네?

스미르노프   네.

뽀뽀바   네?

스미르노프   네!

뽀뽀바   좋아요! (종을 울린다)

9

위의 사람들과 루까

뽀뽀바   루까, 이 분을 끌어내!

루까   (스미르노프에게 다가간다) 나리, 가라고 할 때 나가세
          요! 여기 계시지 마시고….

스미르노프   (달려들며) 입 닥쳐! 누구한테 함부로 말하는 거야?
          파김치를 만들어 버릴까 보다!

루까   (가슴을 움켜잡으며) 이런 세상에!⋯ 아아!⋯ (안락의
          자에 쓰러진다) 아아, 어지러워! 숨을 못쉬겠어!

뽀뽀바   다샤, 어디 있니? (소리 지른다) 다샤! 뻴라게야! 다샤
          (종을 울린다)

루까   아! 모두 딸기 따러 갔어요⋯. 여긴 저밖에 없어요. 어
          지러워! 물!

뽀뽀바   어서 나가요!

스미르노프   좀 더 신중하게 대하실 순 없습니까?

뽀뽀바   (두 주먹을 쥐고 두발로 구르며) 야만인! 포악한 곰! 원
          시인 괴물!

스미르노프   뭐요? 지금 뭐라고 했습니까?

뽀뽀바   곰, 괴물이라 말했어요.

스미르노프   (다가서며) 실례지만, 도대체 무슨 자격으로 나를
          그렇게 모욕하는 겁니까?

뽀뽀바   그래요. 모욕했어요⋯. 그게 어쨌다는 거예요? 제가
          당신을 무서워 할거라고 생각하시는 거예요?

스미르노프   당신이 매혹적인 분이라고 멋대로 상대방을 모욕할
          권리가 없다고 생각하시는 겁니까? 그래요? 결투합시
          다.

루까   이런 세상에⋯ 아아!⋯ 물!

스미르노프　결투합시다!

뽀뽀바　당신이 튼튼한 주먹과 거친 목소리를 지녔다고 내가 무서워할 줄 아셨나요? 네? 당신은 정말 무식하군요!

스미르노프　결투합시다! 나를 모욕하는 그 누구도 용서할 수 없기 때문에, 당신이 여자고 약한 존재라 해도 어쩔 수 없어요!

뽀뽀바　(그의 목소리를 제압하려고 소리치며) 곰! 곰! 곰!

스미르노프　남자들만 모욕 받은 걸 되돌려줘야 한다는 그런 편견을 버릴 때가 드디어 온 거라고요! 남녀평등이라면 남녀평등인 거죠. 빌어먹을! 결투합시다.

뽀뽀바　결투요? 좋아요!

스미르노프　당장 합시다!

뽀뽀바　그래요, 당장해요! 남편이 권총을 몇 자루 남겼죠… 제가 당장 가져오겠어요… (서둘러 나갔다 돌아온다) 난 정말이지 너무나 즐겁게 당신의 구릿빛 이마에 총알을 박을 거예요! 죽어 버려요!… (퇴장)

스미르노프　병아리처럼 연약한 저 여자를 쏴버릴 거야! 난 어린 애도 감상적인 소년도 아니야! 연약한 여자라도 상관 없어!

루까　나리 제발… (무릎을 꿇으며) 제발 이 늙은이를 불쌍히 생각하시고 이곳에서 나가세요! 죽도록 놀라게 하더니 결투까지 하신다니!

스미르노프 (그의 말을 듣지 않고) 결투, 바로 여기에 평등과 여성해방이 있는 거야! 바로 여기에 남녀평등이 있는 거지! 난 바로 이런 원칙에 따라 저 여자한테 총을 쏠 거야! 근데, 무슨 여자가 저렇지? (흉내 내며) "죽어버려요…. 구릿빛 이마에 총알을 박아줄테니…." 뭐 저래? 빨개져서는 두 눈을 반짝이고… 도전에 응했어! 솔직히 말해, 저런 여자를 만난 건 생전 처음이야….

루까 나리, 얼른 가세요! 하나님께서 영원히 자비를 베풀기를 기도드릴게요!

스미르노프 여자! 그래! 진짜 여자야! 까다롭거나 모호하지 않은, 불같고 화약 같은 정말 불꽃같은 여자야! 죽이는 게 아까울 정도네!

루까 (운다) 나리… 제발, 나가요!

스미르노프 저 여자가 정말 마음에 드는데! 정말! 뺨에 보조개가 있어도 마음에 들어! 저 여자 빚을 면제해줄 용의도 있고… 화도 풀렸어…. 정말 멋진 여자야!

위의 사람들과 뽀뽀바

뽀뽀바　　(권총 두 자루를 가지고 등장) 자, 여기 있어요…. 그런데 결투하기 전에 총을 어떻게 쏘는지 먼저 가르쳐 주세요… 지금까지 한 번도 총을 잡아 본 일이 없거든요.

루까　　오, 신이여, 자비를…. 가서 정원사와 마부를 찾아봐야지…. 왜 이런 불행이 우리를 찾아왔는지…. (퇴장)

스미르노프　　(권총을 살펴보며) 총에는 여러 종류가 있습니다. 뇌관이 달린 모르찌메르의 결투 전용 권총이 있죠. 부인 권총은 스미뜨 베손 방식의, 탄피 추출기가 달린 삼연발 권총으로 중앙타격이고…. 정말 훌륭한 총입니다!… 이건 한 쌍에 적어도 90루블은 하겠어요… 총은 이렇게 잡습니다….(방백) 아아…! 저 두 눈, 두 눈! 정말 매력적인 여자야!

뽀뽀바　　이렇게요?

스미르노프　　네, 그래요…. 그 다음에 격철을 올리시고… 네 이렇게 겨냥 하세요…. 머리를 약간 뒤로 하고! 적당히 팔을 뻗고…. 바로 이렇게…. 그 다음에 이 손가락으로 이걸 누르면 됩니다…. 다만 중요한 건 흥분하지 말고 서두르지 말고 겨냥을 해야 하는 겁니다…. 손이 움직이지 않도록 노력하세요.

뽀뽀바　좋아요…. 여기서는 결투하는 게 불편하니 정원으로 가요.

스미르노프　갑시다. 미리 말씀드리는데 저는 공중에다 쏠 겁니다.

뽀뽀바　말도 안 돼요! 왜죠?

스미르노프　그건. 그건… 그건 제 문제입니다!

뽀뽀바　무서운가요? 그렇죠? 아-아-하! 아니, 핑계 대지 마세요! 제 뒤를 따라 오세요! 당신의 이마… 너무나도 증오하는 당신의 바로 그 이마를 관통시키기 전에는 난 진정할 수가 없어요! 무서운가요?

스미르노프　네, 그렇습니다.

뽀뽀바　거짓말! 왜 결투를 포기하는거죠?

스미르노프　그건…. 그건 당신이… 내 마음에 들어섭니다.

뽀뽀바　(악의적인 웃음) 내가 당신 마음에 들었다니! 내가 당신 마음에 들었다는 말을 감히 하다니! (문을 가리키며) 나가요.

스미르노프　(말없이 총을 놓고 모자를 들고 문 쪽으로 간다. 문

옆에 서있다. 잠시 동안 두 사람은 말없이 서로를 바라본다. 그 후 그는 망설이면서 뽀뽀바에게 다가서며 말한다) 저기…. 아직도 화내시는 겁니까?… 나도 정말 화가 났지만, 아 그러니까…. 이걸 어떻게 표현해야 할지… 아, 음, 그건, 다시 말해서… (소리친다) 그래요! 당신이 내 마음에 든 게 내 잘못입니까? (의자 등받이를 잡으니 소리를 내며 갈라지더니 부서진다) 빌어먹을, 당신 가구들은 정말 약하군요! 당신의 마음이 마음에 듭니다! 알겠습니까? 난, 난 사랑에 빠진 거라구요!

뽀뽀바   나한테서 떨어져요, 난 당신을 증오해요!

스미르노프   세상에, 멋진 여자야! 일생동안 저런 여자를 본 적이 없어! 걸린 거야! 죽은 거야! 생쥐처럼 덫에 걸린 거야!

뽀뽀바   저리 비키지 않으면 쏘겠어요!

스미르노프   쏘세요! 매혹적인 눈길 아래, 벨벳 같은 그 작은 손이 잡은 총으로 죽는 것이 얼마나 행운인지 당신은 모를 거예요!… 지금 난 미쳤습니다! 내가 여기서 나가면, 우린 앞으로 결코 만나지 못할테니까! 지금 생각하고 결정하세요! 결정하세요!… 난 귀족입니다. 점잖은 사람입니다. 일 년에 만 루블 정도의 수입도 있습니다!!… 던져진 동전을 권총으로 맞출 수 있고… 좋은 말들도 갖고 있는데… 제 아내가 되어 주시겠어요?

뽀뽀바　(화가 나서 권총을 휘두른다) 결투해요! 결투하러 가
　　　　요!

스미르노프　내가 미쳤지…. 뭐가 뭔지 모르겠어… (소리친다)
　　　　이봐, 물 가져와!

뽀뽀바　(소리친다) 결투하러 가요!

스미르노프　난 미쳤어! 사내아이처럼, 바보처럼 사랑에 빠지다
　　　　니! (그녀의 손을 꽉 잡자, 그녀는 아파서 비명을 지른
　　　　다) 당신을 사랑합니다! (무릎을 꿇는다) 예전과는 비
　　　　교할 수 없을 정도로 당신을 사랑합니다! 12명의 여자
　　　　를 버리고 9명의 여자가 절 버렸지만, 그 누구도 당신
　　　　만큼 이렇게 사랑하지는 않았어요…. 완전히 취해서,
　　　　감상적이 되고 나른해져서… 바보처럼 무릎을 끊고 청
　　　　혼을 하다니…. 부끄럽고 창피하군! 5년간 사랑에 빠
　　　　지지 않았고 스스로 맹세를 했건만, 남의 마차에 있는
　　　　수레 채처럼 갑자기 사랑에 빠진 거라구! 청혼합니다.
　　　　좋아요, 싫어요? 싫어요? 필요 없다구요. (일어서서 빠
　　　　르게 문 쪽으로 간다)

뽀뽀바　잠깐만요….

스미르노프　(멈춰 서서) 네?

뽀뽀바　괜찮아요, 나가 주세요… 아니, 잠깐만…. 아니, 가세요, 가세요! 난 당신을 증오해요! 아네요… 가지 마세요! 아, 내가 얼마나 화가 났는지, 얼마나 화가 났는지 당신이 아신다면 (총을 탁자에 던진다) 저 혐오스런 물건 때문에 손가락이 몇 개 부었어… (화가 나서 손수건을 찢는다) 당신은 왜 서 계시는 거예요? 나가세요!

스미르노프　안녕히 계세요.

뽀뽀바　네, 네, 나가 주세요! (소리친다) 어디 가시는 거예요? 기다려요…. 아니, 가세요. 아, 정말 화가 나요! 다가오지 말아요. 다가오지 말아요!

스미르노프　(그녀에게 다가서며) 난 정말 나한테 화 나! 풋내기처럼 사랑에 빠져 무릎을 꿇고 있으니…. 소름이 끼치는군…. (거칠게) 난 당신을 사랑합니다! 바보처럼 당신과 사랑에 빠진 거라고요! 내일 이자를 가지고, 풀베기를 해야 되는데, 여기서 당신이… (그녀의 허리를 안는다) 난 이 일에 대해 나 자신을 절대로 용서하지 않을 거야….

뽀뽀바　저리 비켜요! 손을 치워요! 난 당신을… 증오해요! 결-결투해요! (계속되는 키스)

11

위의 사람들, 도끼를 든 루까, 쇠스랑을 든 정원사, 갈퀴를 든 마부 그리고 몽둥이를 든 일꾼들.

루까   (키스하는 한 쌍을 보고 놀라서) 세상에! (사이)

뽀뽀바   (눈을 내리깔고) 루까, 오늘 또비한테 귀리를 하나도

            주지 말라고 마구간에 전해.

~막~

by Anton Chekhov

단막 소극

청혼

1888~1889

'곰' 이후 바로 쓰여진 '청혼'은 순조롭게 검열이 허가되어 1889년에 출간되었다. 이 작품은 쉘로프의 개인 극장과 말리극장 그리고 지방의 여러 극장에서 공연하여 대중적인 성공을 거둔다. 체호프 장막극에 대해서는 부정적인 입장을 취한 레프 똘스또이도 몇몇 단막극에는 큰 호감을 보이는데, 특히 '청혼'을 호평하였다.

이 작품은 청혼을 하려고 만난 이웃에 사는 두 남녀와 아버지가 청혼과는 상관없는 사소한 일들로 다투는 모습을 희극적으로 그리고 있다.

등장인물

스쩨빤 스쩨빠노비치 추부꼬프 -지주

나딸리야 스쩨빠노브나 추부꼬프 -지주 딸 25세.

이반 바실리예비치 로모프 -추부꼬프 이웃, 건강하고 통통하게 살찐, 매우 심약한 지주.

사건은 추부꼬프 저택에서 일어난다.

추부꼬프 저택의 거실.

1.

추부꼬프와 로모프(연미복과 흰 장갑을 끼고 등장한다)

추부꼬프 (그를 맞으러 다가서며) 이게 누구야! 이반 바실리예비치! 정말 반가워! (악수한다) 이거 정말 뜻밖인데, 세상에….잘 지냈어?

로모프   네, 감사합니다. 어떻게 지내셨어요?

추부꼬프 덕분에 그럭저럭 지내고 있지, 자… 이웃 사람들을 잊고 지낸다는 건 정말 좋지 않은 거야. 그런데 왜 그렇게 격식을 갖춰 차려 입었어? 연미복에 장갑까지 끼고, 아니 어디 가는 건가?

로모프 아뇨, 댁을 방문하러 왔습니다. 존경하는 스쩨빤 스쩨빠늬치.

추부꼬프 그럼 왜 연미복을 입고 온 거야? 새해 인사 올 때처럼!

로모프 저, 사실은. (그의 팔을 잡으며) 존경하는 스쩨빤 스쩨빠늬치, 한 가지 부탁을 드리려고 찾아왔습니다. 전에도 여러 번 도움을 청하면, 항상, 다시 말해서…. 죄송합니다, 제가 당황해서요. 존경하는 스쩨빤 스쩨빠늬치, 물 좀 마시겠습니다. (물을 마신다)

추부꼬프 (방백) 돈을 빌리러 온 거야! 안 빌려줘! (그에게) 무슨 일입니까?

로모프 저, 존경하는 스쩨빠늬치…. 죄송하지만, 스쩨빤… 존경하는, 보시는 것처럼 제가 너무 당황해서… 그러니까, 비록 제가 어르신께 도움을 청할 자격도 그럴 만하지도 않다는 것을 압니다만, 저를 도울 수 있는 유일한 분이라서….

추부꼬프 아니, 그렇게 과장하지 마! 어서 이야기해봐! 자!

로모프   네…. 그럼. 사실 전 따님 나딸리야 스쩨빠노브나께 청
         혼을 하러 왔습니다.

추부꼬프   (기뻐서) 세상에나! 이반 바실리예비치! 다시 한 번 말
         해 보게, 잘못 들었어!

로모프   제게 청혼할 영광을….

추부꼬프   (끼어들며) 내 귀여운 친구…. 난 정말 기쁘고 그리고
         또… 그러니까 또… (껴안고 키스한다) 오래 기다렸
         어. 내 평생 소원이었고. (눈물을 흘리며) 난 항상 자네
         를 아들처럼 사랑했어. 하나님께서 두 사람에게 조언
         과 사랑을 주시길, 난 정말 빌었지…. 내가 왜 이렇게
         바보처럼 서있는 거야? 너무 기뻐서 정신이 없군! 정신
         이 완전히 나갔어! 아아, 난 진심으로…. 가서, 나타샤
         (나딸리야의 애칭-역주)를 불러와야지.

로모프   (감격해서) 존경하는 스쩨빤 스쩨빠노비치, 따님께서
         승낙할 거라고 생각하시는 겁니까?

추부꼬프   아니 이렇게 잘생긴 청년인데… 내 딸이 거절하다니!
         아마, 고양이처럼 사랑에 빠질 거야…. 그럼! (퇴장)

2

로모프, 혼자서

로모프   추워…. 시험 볼 때처럼 온몸이 떨려. 중요한 건 결정을 내리는 거야. 오랫동안 생각하고 망설이고 이상이나 진실한 사랑을 너무 말하다가는, 결혼을 절대로 못 할 테니까…. 브르르!… 추워! 나딸리야 스쩨빠노브나는 살림을 잘하는 데다 영리하고 교양이 있으니… 뭐가 더 필요해? 너무 긴장하다 보니 귀에서 소리가 다 나. (물을 마신다) 난 결혼을 꼭 해야 돼… 첫째로, 내 나이 벌써 서른 다섯, 이건 위험한 나이야. 둘째, 나한테는 정상적이고 규칙적인 생활이 필요해…. 난 심장 장애가 있는데다가, 성미가 급하고 늘 너무나 불안해하지…. 지금도 입술이 떨리고 오른쪽 눈꺼풀이 바르르 떨려… 하지만 제일 끔찍한 건 바로 꿈이지. 침대에 누어 잠이 들자마자, 마치 왼쪽 옆구리를 뭔가 갑자기 잡아당기는 것 같으니! 어깨와 머리를 때리는 것 같아…. 미친 사람처럼 벌떡 일어나서 좀 걷다가 다시 누워 잠들자마자, 또다시 옆구리 를 뭔가 잡아당기는 것 같아! 20번이나 이러니….

3

나딸리야 스쩨빠노브나와 로모프

나딸리야 (등장) 어머! 당신이군요, 아버지께서 상인이 물건을
사러 왔다고 가보라고 하셨는데. 안녕하세요, 이반 바
실리예비치!

로모프 안녕하셨어요? 존경하는 나딸리야 스쩨빠노브나!

나딸리야 죄송해요. 앞치마에 이런 실내복 차림이라. 건조시킬
완두콩을 손질하고 있어요. 왜 그렇게 오랫동안 저희
집에 오시지 않으셨어요? 앉으세요….(두 사람 앉는
다) 식사 좀 하시겠어요?

로모프 아닙니다. 감사합니다. 벌써 먹었습니다. (손을 만지
작 거리며 주춤거린다)

나딸리야 아, 담배 피시게요? 피세요…. 자 여기 성냥…. 날씨가
정말 좋군요! 하지만 어제는 비가 너무 와서 일꾼들이
하루 종일 아무 일도 못했어요. 몇 더미나 베었어요?

전 욕심을 내서 풀을 전부 베었는데, 지금은 건초가 썩을까봐 걱정이 돼요. 기다렸어야 하는데. 아니 그런데? 연미복을 입으셨군요! 신기한 일이군요! 무도회라도 가세요? 게다가 멋있어 지셨어요…. 왜 이렇게 멋쟁이가 되신 거예요?

로모프 (초초하며) 저, 존경하는 나딸리야 스쩨빠노브나…. 사실은 드릴 말씀이 좀 있어서… 물론, 좀 놀라시고 화를 내실 지도 모르지만 저는…. (방백) 너무 추워!

나딸리야 무슨 일인데요? (사이) 네?

로모프 되도록 간단히 말씀드리겠습니다. 존경하는 나딸리야 스쩨빠노브나 제가 어렸을 때부터 당신 가족과 알고 지냈다는 건 잘 아실 겁니다. 돌아가신 제 이모와 이모부님이 유산으로 땅을 물려주신 이후, 아시겠지만, 전 같은 존경심을 가지고 돌아가신 당신 할머님과 어머님을 대했습니다. 로모프 집안과 추부꼬프 집안은 늘 아주 돈독하게 지내 왔으니 친척이라고도 할 수 있을 겁니다. 더구나 당신도 아시다시피, 제 땅과 댁의 땅이 서로 붙어 있잖아요. 기억하실 겁니다. 저희 작은 볼로비 풀밭이 댁의 자작나무 숲과 붙어 있죠.

나딸리야 끼어 들어서 죄송합니다. "제 작은 볼로비 풀밭"이라고 말씀하셨는데… 그게 댁의 땅이에요?

로모프　제 땅이죠.

나딸리야　아니 무슨 말씀을! 작은 볼로비 풀밭은 저희 꺼예요!

로모프　아녜요. 제 겁니다. 존경하는 나딸리야 스쩨빠노브나.

나딸리야　전 처음 듣는 얘기예요. 그게 왜 당신 거죠?

로모프　왜라뇨? 전 당신의 자작나무 숲과 고렐뤼이* 습지 사이에 쐐기가 박혀있는 그 작은 볼로비 풀밭을 말하는 겁니다.

나딸리야　네, 그래요, 그래…. 그건 우리 땅이에요….

로모프　아니 잘못 아셨어요, 존경하는 나딸리야 스쩨빠노브나, 그건 우리 땅이에요.

나딸리야　정신 차리세요, 이반 바실리예비치! 그 땅이 당신 소유였던 건 오래 전이었잖아요?

로모프　오래 전이라뇨? 제가 기억하기에, 그 땅은 항상 우리 소유였어요.

나딸리야　아니, 그렇지 않아요. 죄송하지만!

로모프　서류상으로도 그래요, 존경하는 나딸리야 스쩨빠노브나. 전에도 볼로비 풀밭에 대해 시비가 있었죠! 하지만 지금 이 땅이 제 소유라는 건 모두가 다 알고 있습니다. 시비할 거리가 없어요. 우리 이모의 할머니께서는 댁의 부친의 조부님 농부들이 그분에게 벽돌을 만들어 주는 대신, 그들에게 무기한, 무상으로 이 풀밭을 사용하도록 빌려주신 겁니다. 댁의 부친의 조부님 농부들은 40여 년간 이 풀밭을 무상으로 빌려쓰며, 이 땅이 자신들 거라 여기는 게 습관이 되었지만, 이후 서류가 만들어져….

나딸리야 댁이 말한 것하고는 전혀 달라요! 제 할아버지와 증조할아버지께서는 그분들 땅이 고렐뤼이 습지까지라고 하셨는데, 이건 볼로비 풀밭도 우리 거라는 것을 의미하는 거죠. 더 이상 시비를 가릴 게 뭐가 있죠? 이해할 수 없군요. 기분까지 상했네요!

로모프 제가 서류를 보여드리겠습니다. 나딸리야 스쩨빠노브나!

나딸리야 아녜요, 당신은 그냥 농담하시거나 절 놀리시는 거예요…. 정말 놀라운 일이군요! 우리가 300여 년간 소유한 땅이 갑자기 우리 것이 아나라니! 이반 바실리예비치, 죄송하지만, 제 두 귀조차 의심하게 됐다니까요…. 그 풀밭이 저한테 중요한 건 아녜요. 5제샤찌나(1,092헥타르-역주) 정도로 300루블 정도 밖에 안 하지만, 그런 말도 안 되는 소린 날 화나게 한다구요. 하고 싶은

대로 말씀하셔도 괜찮지만 그런 부당한 소리는 참을
수 없어요.

로모프　제 말을 들어보세요, 제발! 댁의 부친의 조부님 농부들
은, 제가 이미 말한 것처럼, 저희 이모의 할머니께 벽
돌을 만들어 줬어요. 이모의 할머니는 그 사람들에게
고마움을 표시하려고….

나딸리야　할아버지, 할머니, 이모…. 난 아무것도 몰라요! 풀밭
은 우리 소유고, 그게 답니다.

로모프　제 겁니다!

나딸리야　우리 땅이에요! 당신이 이틀동안 증명을 하고 15벌의
연미복을 입는다해도, 우리, 우리, 우리꺼라구요!… 난
댁의 것도 바라지 않지만 내 것도 빼앗기기 싫어요….
마음대로 하세요!

로모프　나딸리야 스쩨빠노브나, 전 그 풀밭이 필요한 게 아니
라, 원칙적으로 그렇다는 겁니다. 원하신다면, 그걸 당
신께 드리겠어요.

나딸리야　제가 당신께 드리죠. 그건 제 소유니까요!… 이 모든
게 정말 이상하군요, 이반 바실리에비치! 지금까지 우
리는 당신을 좋은 이웃으로, 친구로 여겼고, 지난달에
는 탈곡기를 빌려드리는 바람에 우리 곡물을 11월에야

탈곡 했는데 당신은 우리를 집시 대하듯 하시네요. 저한테 제 땅을 주겠다니. 미안합니다만, 그러시는 건 이웃을 대하는 예의가 아네요! 제 생각에, 이건 파렴치한 거예요. 만일 원하신다면….

로모프   당신 생각에, 그럼 제가 약탈자란 겁니까? 아가씨, 전 한 번도 남의 땅을 빼앗은 적도 없으며, 그 누구도 나에 대해 그런 모함을 하는걸 허용하지도 않습니다…. (빠르게 물병 쪽으로 가, 물을 마신다) 볼로비 풀밭은 제 꺼예요!

나딸리야   아네요, 우리 꺼예요!

로모프   제 껍니다!

나딸리야   아니라니까요! 제가 증명해 드리죠! 오늘 풀 베는 일꾼들을 그 풀밭으로 보낼테니까요!

로모프   그러면 목덜미를 잡아, 끌어 낼 겁니다!

나딸리야   감히 그러지 못할 걸요!

로모프   (가슴을 움켜 잡으며) 볼로비 풀밭은 제 땅이에요! 아시겠어요? 제 꺼라고요!

나딸리야   소리 지르지 마세요. 제발! 당신 집에서는 소리 지르고 화를 내며 쉰 소리를 내더라도 여기서는 예의를 지켜 주세요!

로모프   아가씨, 만일 이렇게 끔찍하고 고통스럽게 심장이 뛰지 않고 관자놀이가 펄떡거리지만 않았다면, 당신과 지금과는 다르게 애기했을 겁니다! (소리 지른다) 볼로비 풀밭은 제 겁니다!

나딸리야 우리 꺼에요!

로모프   제 겁니다.

나딸리야 우리 꺼에요!

로모프   제 꺼라구요!

4

위의 사람들과 추부꼬프

추부꼬프 (등장하며) 무슨 일이야? 왜 소리 지르는 거야?

나딸리야 아버지, 볼로비 풀밭이 누구 소유인지 이 분께 설명 좀 해주세요. 우리 꺼에요 아니면 저 분꺼에요?

추부꼬프 (그에게) 우리 풀밭이지!

로모프   스쩨빤 스쩨빠늬치, 아니, 그게 어째서 어르신 꺼라는 겁니까? 신중하게 생각해 보세요! 우리 이모의 할머니께서 예전에 어르신 조부님의 농부들에게 무상으로 빌려주신 겁니다. 농부들은 40여 년간 사용했고, 마치 자기들 땅인 것으로 여기는 게 습관이 되었지만, 이후 서류가 만들어져….

추부꼬프 저, 여보시오…. 농부들이 당신 할머니께 땅값을 지불하지 않은 것은 그때 그 풀밭에 대한 시비가 있었기 때문이라는 걸 잊고 있어요….지금 그 땅이 우리 꺼라는 건 개들도 다 안다구. 지도도 안 본 모양이군.

로모프 그 땅이 우리 소유라는 걸 증명해드리겠어요.

추부꼬프 증명하지 못할 거야.

로모프 아뇨. 증명할 수 있습니다.

추부꼬프 세상에나, 왜 소리를 그렇게 지르는 거요? 소리친다고 증명이 되는 건 아니오. 난 당신 걸 바라지도 않지만 내 것을 내주기도 싫어요. 무엇 때문에? 만일 당신이 그 풀밭에 대해 시비할 심산이라면, 자네한테 주느니, 농부들한테 선사하겠어.

로모프 이해할 수 없군요! 남의 물건을 다른 이들에게 선사하다뇨?

추부꼬프 그렇게 하건 안 하건 내 일이지. 그리고 젊은이, 나한테 그런 식으로 말하면 안되지. 난 자네보다 두 배나 나이를 더 먹었으니 흥분하지 말고 얘기해보게.

로모프　아뇨, 어르신은 저를 바보로 여기시거나 저를 놀리고 계세요! 내 땅을 댁 것이라며, 나보고 냉정하게 인간답게 말하라뇨! 좋은 이웃이 아니라, 약탈자예요!

추부꼬프　뭐야? 뭐라고 그랬어?

나딸리야　아버지, 당장 풀 베는 사람들을 그 풀밭에 보내요.

추부꼬프　(로모프에게) 자네 뭐라고 그랬어. 신사 나리?

나딸리야　볼로비 풀밭은 우리 꺼니까 난 양보하지 않을 거예요. 양보 안 해요. 안 한다구요!

로모프　두고 봅시다! 재판을 걸어, 제 땅이라는 걸 증명할테니까요.

추부꼬프　재판이라고? 재판할 수도 있겠지! 할 수 있고 말고! 내가 알지. 자넨 재판하기만 기다린 거야…. 천성이 재판을 좋아하니 말야! 당신 집안사람은 전부 재판하길 좋아하니까! 전부!

로모프　우리 집안을 욕하지 마세요! 로모프 집안 사람은 모두 정직하고, 어르신 삼촌처럼 횡령 때문에 재판을 받은 사람도 없습니다!

추부꼬프　당신네 로모프 집안 사람들은 모두 정신병자들이야!

나딸리야　전부, 전부, 전부, 다!

추부꼬프   당신 조부는 술을 엄청 마셨고 작은 이모, 나스따시야

　　　　　미하일로브나는 건축사랑 도망친 데다가…

로모프　　어르신 모친은 한 쪽 몸이 비뚤어지셨죠 (가슴을 움

　　　　　켜쥐며) 옆구리가 쑤시고…머리가 지끈거려…. 아이

　　　　　구… 물 좀!

추부꼬프   당신 부친은 노름꾼에 식충이었지.

나딸리야   댁의 이모는 수다쟁이였죠. 정말 대단했어요!

로모프　　왼쪽 다리가 마비됐어…. 어르신은 음모자예요… 아,

　　　　　가슴이!… 어르신께서 선거 때 뒤에서 하신 일을 모든

　　　　　사람들이 다 안다구요…. 눈에서 별이 보여…. 내 모자

　　　　　가 어디 있지?

나딸리야   저질! 사기꾼! 혐오스런 인간!

추부꼬프   자네는 교활하고 위선적인 사기꾼이야! 그렇고 말고!

로모프　　여기 모자가 있는데… 가슴이…. 어디로 가야 하지?

　　　　　문이 여기야? 아… 죽을 것만 같애…. 겨우 걷겠어….

　　　　　(문 쪽으로 간다)

추부꼬프   (그의 뒤를 따라가며) 다시는 우리 집에 오지 마!

나딸리야   재판해요! 두고 보자고요!

로모프는 휘청거리며 퇴장

5

추부꼬프와 나딸리야 스쩨빠노브나.

추부꼬프 악마한테나 잡혀 가! (흥분해서 서성거린다)

나딸리야 정말 치사한 인간이죠? 이런데 착한 이웃을 믿으라니!

추부꼬프 나쁜 놈! 콩밭의 허수아비 같은 녀석!

나딸리야 정말 치사한 인간이에요! 남의 땅을 자기 꺼라 우기는

　　　　　데다 감히 욕까지 하다니.

추부꼬프 저런 도깨비 같은 놈, 멍청한 놈이 감히 청혼을 하다

　　　　　니! 뭐? 청혼!

나딸리야 무슨 청혼이요?

추부꼬프 그렇다니까! 너한테 청혼하려고 온 거야.

나딸리야 청혼이요? 저한테요? 왜 미리 말씀을 안 하셨어요?

추부꼬프 그래서 연미복을 차려입은 거야! 비쩍 마른 게! 못난

　　　　　놈!

나딸리야 나한테? 청혼을? 아아! (소파에 쓰러져 괴로워한다) 그

　　　　　사람을 데려 오세요! 불러와요! 아아! 불러오세요!

추부꼬프 누구를 불러와?

나딸리야 빨리, 빨리요! 어지러워요! 불러오세요! (히스테릭한

64

상태)

추부꼬프 왜 그래? 너 왜 그러냐? (자기 머리를 쥐고) 난 불행한
인간이야! 권총자살을 해야 해! 목을 매야 한다고! 이
리들 괴롭히니!

나딸리야 나 죽어요! 그 사람을 불러 주세요!

추부꼬프 휴우! 지금 가마. 소리지르지 마! (뛰어간다)

나딸리야 (혼자 남아, 괴로워하며) 우리가 무슨 일을 저지른 거
야! 데려 오세요! 데려 와요!

추부꼬프 (뛰어 들어오며) 곧 올 거야, 빌어먹을! 네가 얘기해,
난 말하고 싶지 않으니….

나딸리야 (괴로워하며) 데리고 오세요!

추부꼬프 (소리 지른다) 오고 있다고 말했잖아, 오, 이런, 나이
든 딸의 아비가 되는 건 정말 어려운 일이야! 칼을 물
고 자살해야지! 그렇게 하고 말 거야! 욕을 퍼붓고, 모
욕을 주고 내쫓았는데, 이건 전부 너 때문이야…. 너
때문이라고!

나딸리야 아네요, 아빠가 그런 거예요!

추부꼬프 그래 전부 내 탓이다! (로모프가 문으로 들어서고 있
다) 자, 네가 말해! (퇴장)

6

나딸리야 스쩨빠노브나와 로모프

로모프 (기진맥진해서 늘어오며) 심장이 막 뛰고… 다리는 겨
        우 움직이는 데다…. 옆구리는 쑤시는….

나딸리야 죄송합니다, 이반 바실리예비치, 우리가 너무 흥분했
        어요…. 이제 기억 났어요, 작은 볼로비 풀밭이 당신
        소유라는 걸요.

로모프 끔찍하게 심장이 뛰는군…. 제 풀밭이에요…. 두 눈꺼
        풀이 파르르 떨려…

나딸리야 당신, 당신 풀밭이에요… 앉으세요…. (두 사람 앉는
        다) 우리가 신경이 너무 예민해 있었어요.

로모프 전 원칙을 따른 겁니다…. 나한테는 땅이 아니라, 원칙
        이 중요하거든요.

나딸리야 네 원칙이요…. 우리 다른 얘기해요.

로모프 더군다나, 저는 증거를 가지고 있습니다. 우리 이모의
        할머니는 댁의 부친의 조부님 농부들에게….

나딸리야 그만, 그만하세요…. (방백) 어떻게 시작해야 될지 모
        르겠어…. (그에게) 곧 사냥가시죠?

로모프 수확을 끝내고 꿩 사냥을 갈 생각입니다. 존경하는 나
     딸리야 스쩨빠노브나. 오오, 들으셨죠? 저한테 정말 불
     행한 일이 닥쳤어요! 당신도 아시는 우리 개 우가다이*
     가 다리를 절뚝거려요.

나딸리야 정말 안됐군요! 어쩌다 그런 거죠?

로모프 모르겠습니다…. 삐었는지 다른 개들이 물었는지…
     (한숨쉰다) 돈으로 계산할 수 없는 정말 좋은 개죠! 미
     로노프에게 125루블을 주고 샀어요.

나딸리야 너무 많이 주셨어요, 이반 바실리예비치!

로모프 저는 아주 싸게 주고 샀다고 생각하는데요. 좋은 개거
     든요.

나딸리야 아버지는 우리 개 오뜨까따이를 85루블 주고 사셨는
     데, 우리 개 오뜨까따이가 댁의 우가다이보다 훨씬 낫
     잖아요!

로모프 오뜨까따이가 우가다이 보다 낫다고요? 무슨 말씀이
     세요! (웃는다) 오뜨까따이가 우가다이 보다 낫다뇨!

나딸리야 물론, 더 낫죠! 사실, 오뜨까따이는 아직 어리고 다 자
     라지는 않았지만, 체격과 움직임은 볼찬네쯔끼에서 가
     장 좋은 개예요.

로모프 나딸리야 스쩨빠노브나, 그 개가 아래턱이 위턱보다

짧고, 아래턱이 짧은 개는 짐승을 잘 잡지 못한다는 걸 잊으셨군요!

나딸리야   아래턱이 위턱보다 짧아요? 처음 듣는 애긴데요!

로모프   확실히, 아래턱이 위턱보다 짧아요.

나딸리야   아니, 당신이 재보셨어요?

로모프   재봤죠. 사냥감을 쫓기 전까지는 괜찮지만, 사냥을 시작하면, 그때는 아마 그렇지 않을 거예요…

나딸리야   우선, 우리 오뜨까따이는 자프랴가야와 스따메스끼의 자손인데 혈통이 있고 목 주위에 긴 털이 나있는데 반해, 당신의 적갈색 얼룩 반점 개는 혈통하고는 거리가 멀어요…. 그런데다 늙고 마치 삐쩍 마른 말처럼 못생겼고요….

로모프   늙었지만, 전 우리 개를 댁의 오뜨까따이 5마리하고도 안 바꿔요…. 어떻게 그럴 수 있겠습니까? 오뜨까따이는 개지만, 우다가이는… 말하는 것조차 우스워서…. 당신네 오뜨까따이 같은 건 사냥개 관리인들한테 얼마든지 있습니다. 25루블이면 충분하다고요.

나딸리야   이반 바실리예비치, 오늘 당신은 부정의 악마한테라도 홀린 것 같군요, 볼로비 풀밭이 당신 꺼라고 우기시더니, 우가다이가 오뜨까따이보다 낫다고 하시다뇨. 저는 생각한대로 말하지 않는 사람을 좋아하지 않아요, 오뜨가따이가 100배는 더 댁의… 그 바보같은 우가다이 보다 낫다는 걸 당신은 잘 아실거예요. 그런데 왜 반대로 말씀하시는 거죠?

로모프   나딸리야 스쩨빠노브나, 당신이 나를 눈먼 바보로 여기고 있다는 걸 알아요. 그래도 당신이 오뜨까따이 아래턱이 짧다는 건 인정하셔야 합니다.

나딸리야   아네요.

로모프   아래턱이 짧아요!

나딸리야   (소리 지른다) 아네요!

로모프   왜 소리를 지르십니까, 아가씨?

나딸리야   당신은 왜 말도 안 되는 소리를 하시는 거예요? 정말 불쾌해요! 댁이 우가다이는 저 세상으로 보낼 때가 된 갠데, 그런 개를 오뜨까따이하고 비교하시다니!

로모프   죄송하지만, 이런 논쟁을 더 이상 할 수 없어요. 심장이 뛰어서요.

나딸리야   시비를 많이 거는 사냥꾼이 제일 이해력이 떨어진다는 걸 전 알고 있어요.

로모프   아가씨! 제발! 조용히 해주세요…. 심장이 터지려고 해서…. (소리 지른다) 조용히 해요!

나딸리야 우리 오뜨까따이가 댁의 우가다이보다 100배 더 낫다
　　　　　고 인정하기 전에는 조용히 하지 않을 거예요!

로모프　　100배 더 못해요! 댁의 그 오뜨까따이가 죽어버렸으면
　　　　　좋겠어요! 관자놀이가… 두 눈이…. 어깨가….

나딸리야 당신네 바보 같은 우가다이는 죽을 필요가 없어요.
　　　　　왜냐하면 벌써 죽은 거나 마찬가지니까요!

로모프　　(운다) 조용히 해요! 가슴이 터질 것 같아!

나딸리야 그렇게는 못해요!

7

위의 두 사람과 추부꼬프

추부꼬프 (등장) 아니 또 왜 그래?

나딸리야 아버지, 솔직하게, 양심적으로 말씀해 보세요. 우리 오
　　　　　까따이가 더 나아요 아니면 저 분의 우가다이가 더 나
　　　　　아요?

로모프　　스쩨빤 스쩨빠노비치, 제발 한가지만 말씀해 주세
　　　　　요. 오뜨까따이의 아래턱이 짧습니까 아닙니까? 그런

가요 아닌가요?

추부꼬프 아니, 그렇다면요? 별거 아니지! 그래도 이 지방에서 그보다 나은 개는 없으니까.

로모프 저희 우가다이가 더 낫죠? 솔직하게 말해서요!

추부꼬프 흥분하지 말게… 사실… 자네 우가다이는 좋은 개요… 순종인데다가, 튼튼한 네 발에, 단단한 넓적 다리를 가졌지. 하지만 알고 보면, 자네 개는 두 가지 결점이 있어요. 앞니가 많다는 거하고 콧등이 짧다는 거지.

로모프 죄송합니다, 가슴이 뛰어서요…. 사실만 얘기하죠….기억하시죠? 마루시낀 들판에서 우리 우가다이는 백작님의 개 라즈마히*와 나란히 달렸지만, 오뜨까따이는 1베르스따**나 뒤쳐져 있었어요.

추부꼬프 뒤쳐진 건 , 백작님 사냥개 감독이 채찍으로 때렸기 때문이야.

로모프 그럴 이유가 있었어요. 다른 개들은 여우를 쫓아가는데, 오뜨까따이는 양을 물어뜯고 있어서 그런 거죠!

추부꼬프 아니!… 난 성미가 급한 사람이니, 여기서 우리 이 논쟁을 끝내자고. 모두 우리개만 쳐다보면서 부러워했

---

* 러시아어. 알아 맞춰
** 러시아어. 빨리 끝내, 호되게 후려갈겨

기 때문에 때린거라구…. 그래! 못된 사람들이었으니까! 그리고 자네도 잘못이 있어! 이렇게 다른 사람 개가 자네 우가다이 보다 더 낫다고 밝혀지자, 금방…. 이렇게…. 또… 시작하니… 난 전부 다 기억하고 있다는 거지?

로모프　가슴이 뛰고…. 걷지도 못하겠고…. 견딜 수가 없어요.

나딸리야　(흉내 내며) 가슴이 뛰고… 당신이 무슨 사냥을 해요? 당신은 부엌, 난로 가에 앉아 바퀴벌레는 잡아 죽여도, 여우 사냥은 안 어울려요! 가슴이 뛰어요….

추부꼬프　웃기는 얘기지, 자네가 무슨 사냥을 해? 그렇게 가슴이 뛰면 집에 앉아 있는 게 낫지, 안장에 앉아 돌아다니지는 못할 거야. 괜히 시비를 걸고 남의 개를 방해하려고 말을 타고 다닌다니, 멋진 사냥이야. 난 성질이 급한 사람이니, 이 얘기는 여기서 끝내도록 하지. 자네는 사냥꾼이 아니야!

로모프　그러면 어르신은 사냥꾼이십니까? 백작님께 아첨하고 음모를 꾸미려고 사냥을 다니시면서… 가슴이!… 어르신은 음모가예요.

추부꼬프　뭐라고? 내가 음모가라고? (소리 지른다) 입 닥쳐!

로모프　음모가!

추부꼬프 애송이! 개새끼!

로모프 늙은 쥐! 위선자!

추부꼬프 입 닥치지 않으면, 이 부정한 총으로 뇌조처럼 너를 쏴 버릴 거야! 이 건달아!

로모프 모두 다 알아요, 아이구, 가슴이야! 어르신이 돌아가 신 부인한테 얻어맞고 사신 걸…. 걷지 못하겠어… 관 자놀이가… 불꽃이…. 쓰러질 것 같아요, 쓰러질 것 같 아!…

추부꼬프 자기 집 관리인 엉덩이 밑에 깔려 사는 주제에!

로모프 아, 어휴, 어휴… 내 어깨가 어디 있는 거죠?…. 나 죽 어요!(소파에 쓰러진다) 의사를! (기절)

추부꼬프 애송이! 풋내기! 건달! 어지러워! (물을 마시고) 어지러 워!

나딸리야 당신이 사냥을 해요? 당신은 말도 못 탈거예요! (아버 지에게) 아버지! 가서 봐요, 아버지! (큰소리로 외친다) 이반 바실리예비치! 이 사람 죽었어요!

추부꼬프 어지러워!… 숨이 막혀!… 공기를!

나딸리야 이 사람 죽었나 봐!… (소매를 잡아당긴다) 이반 바실 리예비치! 이반 바실리이치! 우리가 무슨 짓을 한 거 지! 이 사람 죽었어! (소파에 쓰러지며) 의사를, 의사

를! (히스테리 상태)

추부꼬프 오오!… 뭐라고? 너 왜 그래?

나딸리야 (신음한다) 이 사람 죽었어요!… 죽었어요.

추부꼬프 누가 죽여? (로모프를 쳐다보고) 정말 죽었어! 세상에
나! 물! 의사! (로모프 입에 컵을 대준다) 마셔요!… 아
니, 마시지 않아…. 죽은 거 같아….난 억세게 재수 없
는 인간이야! 내가 왜 이마에 총알을 박지 않았지? 뭘
기다리는 거야? 나한테 칼을 줘! 총을 줘! (로모프 약간
움직인다) 살아난 것 같아…. 물을 마셔요!… 그래 그
렇게.

로모프 불꽃이… 안개가….내가 어디 있는 겁니까?

추부꼬프 빨리 결혼해, 빌어먹을! 딸애도 한다고 그랬어! (로모
프의 손과 딸의 손을 연결해준다) 딸애도 한다고 그랬
다니까. 축복을 내리지. 이제 제발 나를 좀 내버려 둬!

로모프 네? 뭐라고요? (일어선다) 누구하고요?

추부꼬프 얘가 승낙했어! 자? 키스해 그리고… 악마한테나 잡혀
가!

나딸리야 (신음한다) 살아났어….네, 네, 승낙해요….

추부꼬프 키스해요!

로모프 네? 누구하고요? (나딸리야 스쩨빠노브나에게 키스

74

한다) 정말 기분 좋군요…. 그런데, 무슨 일이죠? 아,
네, 알았어요…. 가슴이… 불꽃이… 전 행복합니다, 나
딸리야 스쩨빠노브나…. (손에 키스한다) 다리가 저
려….

나딸리야 저… 저도 행복해요….

추부꼬프 이제 큰 짐을 벗었어…. 휴유!

나딸리야 그래도… 어쨌든 우가다이가 오뜨까따이 보다 못하다
는 걸 인정하세요.

로모프 더 나아요!

나딸리야 못해요!

추부꼬프 그래, 행복한 가정이 시작된 거야! 샴페인을 가져와!

로모프 더 나아요!

나딸리야 못해요! 못해요! 못하다고요!

추부꼬프 (두 사람의 목소리를 제압하며) 샴페인! 샴페인 가져
와!

~막~

LOVE
by Anton Chekhov

귀여운 여인

*

    팔등관(八等官)으로 퇴직한 플레마니아코프의 딸 올렌카는 자기 집 뒤쪽 현관 층계에 앉아 생각에 잠겨 있었다. 무더운 날씨에 파리까지 극성이라 저물어 가는 해가 빨리 넘어가기만 기다렸다.

    검은 비구름이 간간이 습기 찬 미풍을 일으키며 동쪽에서 몰려 왔다.

    뜰에는 이 집 건너 방에 세 들어 살고 있는 치볼리 야외극장 지배인인 쿠킨이 하늘을 쳐다보고 서 있었다.

    "젠장!"

    그는 얼굴을 잔뜩 찌푸린 채 투덜거렸다.

"또 비야, 일부러 그러는 것처럼 허구한 날 비만 오니, 이건 내 모가지를 졸라매잔 거야! 날마다 손해가 이만저만이 아니니! 이러다간 파산이야! 파산이라고!"

그는 올렌카에게 두 손을 쳐들어 보이며 불평을 계속했다.

"우리들의 생활이란 게 요 모양 요 꼴입니다, 올가 세묘노브나. 울어도 시원찮을 지경이죠! 별라별 고생을 다하고 죽도록 기를 쓰며 일해 봐야, 그리고 어떡하면 좀 더 나아질까 하고 밤잠도 자지 않고 별궁리를 다해 봐야 그게 무슨 소용이겠습니까? 첫째로, 관중은 야만인이나 다름없이 무지막지하단 말이에요. 나는 그들에게 일류 가수들을 동원해서 가장 고상한 오페레타나 무언극을 공연해 주지만, 과연 관중이 그런 것을 필요로 하겠습니까? 관중은 광대를 요구하죠. 아주 저속한 것을 상연해야 한단 말입니다. 게다가 날씨까지 이 모양이군요. 거의 매일저녁 비가 내리지 않습니까? 5월 10일부터 시작해서 내내 장마니, 이런 기막힌 일이 어디 있겠습니까! 구경꾼은 얼씬도 않는데 그래도 임대료는 물어야 하고, 배우들에게는 보수를 줘야 합니다."

이튿날도 저녁녘쯤 또 검은 구름이 몰려왔다. 쿠킨은 미친 듯이 웃어대며 말하는 것이었다.

"어쩌겠다는 거야? 퍼부을 테면 얼마든지 퍼부어라! 극장이 몽땅 물에 잠기고, 내가 물속에서 헤어나지 못하도록 실컷 퍼부으란

말이야! 이 세상뿐만 아니라 저승에서까지 나를 못 살게 하겠다는 거군! 배우들이 나를 걸어 고소해도 좋다. 재판이 뭐야? 시베리아로 유형을 보내도 좋고, 교수대에 올려놔도 겁날 게 없다! 하하하!"

그 다음날도 마찬가지였다.

올렌카는 쿠킨의 넋두리를 가슴 아프게 생각하며 말없이 듣고, 그러한 그녀의 눈에는 눈물이 글썽거릴 때도 있다. 쿠킨의 불행은 드디어 올렌카의 마음을 흔들어 놓고 말았다. 그를 사랑하기 시작한 것이다. 그는 안색이 누렇고 이마에 곱슬머리가 덮인 작달막한 키에 몸집이 여윈 사람이다. 음성은 가느다란 테너에 말할 때마다 입을 실룩거리고, 얼굴에는 언제나 절망의 빛이 떠돌고 있다. 그런 그의 말과 행동이 올렌카의 마음속에 순결하고도 깊은 애정을 일으키게 한 것이다.

올렌카는 언제나 누구를 사랑하지 않은 때가 없었고, 또 그러지 않고는 살아갈 수가 없는 여자였다. 어릴 적에는 아버지를 무척 따랐다. 그 아버지는 지금 숨을 몰아쉬며, 어두운 방 안에서 안락의자에 앉아 앓고 있다. 그리고 2년에 한 번쯤이나 브리얀스크에서 다녀가는 작은어머니도 사랑했고, 여학교 시절에는 프랑스어 선생을 사랑했다. 올렌카는 고운 마음씨를 가진 착하고 인자한 데다 눈길은 잔잔하고도 부드러웠으며 신체는 매우 건강한 편이다. 그녀의 통통하고 불그레한 뺨이며, 보드랍고 흰 살결에 까만 점이 박힌 목덜미며, 무슨 재미있는 얘기를 들을 때 떠오르는 티없이 상냥한 미소 같은 것을 보는 사내들은 으레 칭찬을 아끼지 않는다.

"괜찮게 생겼는걸?"

미소까지 짓는 사내들보다 더 그녀를 좋아하는 여자 손님들도 많다.

"참 귀엽기도 하지!"

느닷없이 그녀의 손을 잡아볼 정도로 그녀에게 빠진다.

올렌카가 태어날 때부터 살아왔고, 또 아버지의 유언장에도 그녀의 명의로 되어 있는 이 집은, 도심지에서 떨어진 츠이잔스카야 슬로보드카에 있었다. 티볼리 야외극장이 가까워서 저녁마다 늦도록 음악소리와 폭죽이 터지는 소리가 들려왔다. 그런 소리를 듣고 있노라면, 올렌카는 자신의 운명과 싸우며, 자기의 가장 큰 적인 무관심한 관중을 향해 공격을 가하고 있는 쿠킨의 모습을 연상하는 것이었고, 그러면 그녀의 심장은 달콤한 감격으로 벅차오르는 것이었다. 잠을 청할 생각은 아예 하지도 않았다. 새벽녘쯤에 그가 돌아오면 침실 창문을 똑똑 두드리며 커튼 사이로 얼굴과 한쪽 어깨만을 내밀며 상냥한 미소를 지어 보이곤 했다.

결국 쿠킨은 올렌카에게 청혼을 했고 그들은 결혼했다.

쿠킨은 그녀를 사랑했다. 올렌카의 목덜미에 포동포동한 두 어깨를 볼 때면 두 손을 번쩍 쳐들고 그녀를 안았다.

"정말 당신은 귀염둥이로구려!"

그는 행복했다. 그러나 결혼식 날에도 밤낮을 두고 비가 온 것처럼, 그의 얼굴에서도 절망의 빛이 아주 사라진 것은 아니었다. 그러나 그들 부부는 다정하게 살았다. 올렌카는 입장권을 팔고 극장 안의 여러 가지 일을 거들어 주었으며, 계산서를 꾸미고 월급을 치러 주기도 했다. 그녀의 불그레한 두 뺨과 티 없이 맑고 귀여운 미소가 매표소에서 보였는가 하면, 무대 뒤나 구내식당에 나타나곤 했다.

그녀는 어느덧 자기 친지들에게, 연극이야말로 인간 생활에서 가장 보람 있고, 또 없어서는 알 될 중요한 것이며, 연극을 통해서만 인간은 참다운 위안을 느낄 수 있으며, 교양을 지닌 인도주의적 인간이 될 수 있는 거라고 곧잘 설명하게 되었다.

"하지만 관중이 과연 그걸 이해할 수 있을까요?"

친구의 말에 그녀는 바로 말을 받았다.

"그들이 요구하는 건 광대라니까요! 어제 「파우스트」의 개작(改作)을 공연했더니 관람석이 텅 비어 있었어요. 그렇지만 우리 주인 바니치카와 내가 저속한 신파극이나 공연했더라면 틀림없이 대만원이었을 거예요. 내일은 「바니치카와 나」와 「지옥의 오르페우스」를 상연하기로 했죠. 꼭 보러 오세요."

그녀는 연극이나 배우들에 관해서 쿠킨의 말을 그대로 되풀이하곤 했다. 남편이 하는 그대로 예술에 대한 관중의 냉담과 무지를 탓하기도 하고, 무대 연습을 하는 배우들의 포즈와 악사들의 몸짓을 감독하기도 했다. 어쩌다 지방 신문에 연극에 관한 악평이 실리는 일이 있으면 눈물을 흘렸고, 그 악평을 해명하려고 직접 신문사에 찾아다니기도 했다.

배우들도 올렌카를 모두 좋아했다. 그들은 그녀를 '바니치카와 나'라거나 '귀여운 여인'이라고도 불렀다. 그녀는 배우들을 동정해서 많지 않은 돈이면 빌려주기도 했다. 그러다가 배우들이 약속을 못 지켜도 남편에게 일러바치는 일은 없었고, 그저 혼자서 눈물을 찔끔 짜고 말았다.

그들 부부는 겨울에도 잘 지냈다. 야외극장은 시내에 있는 극단이 공연하지 않는 대신에, 소러시아에서 흘러 온 소규모의 극단이나 마술사, 그렇지 않으면 시골 아마추어 연극 동호회 같은 데 단기간씩 빌려주었다. 올렌카는 점점 몸이 나기 시작했고, 흡족한 표정으로 얼굴이 환해져 갔다. 그러나 쿠킨은 야위어 가면서, 경기가 나쁘지 않은데도 손해가 막심하다고 투덜거리기만 했다. 그는 밤마다 콜록콜록 기침을 했다. 그래서 올레카는 남편에게 딸기라든가 라임을 짜서 끓여 먹이기도 하며, 오 드 콜로뉴로 찜질을 해 주었고, 자기의 따뜻한 숄을 씌워 주기도 했다.

"난 당신이 얼마나 좋은지 몰라요!"

남편의 머리를 쓰다듬으며 그녀는 다정스럽게 말했다.

"정말 당신은 좋은 분이서!"

사순절이 되어 쿠킨은 새로운 극단을 부르러 모스크바로 떠났다.

올렌카는 남편이 없이 잠을 이룰 수 없었고, 그래서 밤이 새도록 별들만 바라보며 들창가에 앉아 있었다. 그러면서 닭장에 수탉이 없으면 괜히 겁을 집어먹고 밤새 잠을 못 자는 암탉과 자기를 비교해 보기도 했다. 쿠킨은 모스크바에서 한동안 머물러 있었는데, 부활절까지는 돌아갈 테니 극장 일은 여차여차 하라는 편지를 보내왔다. 그러나 부활절 전 일요일 밤 늦게, 불길한 예감을 주는 노크 소리가 들려왔다. 문 밖에서 누가 커다란 나무통을 쿵쿵 두드리고 있는 것 같은 소리였다. 잠이 채 깨지 않은 식모가 맨발로 물이 질퍽하게 괸 뜰을 거쳐서 대문으로 달려 나갔다.

"문 좀 열어 주시오!"

밖에서 굵직한 목소리가 들렸다.

"전보 왔어요!"

올렌카는 이전에도 남편으로부터 전보를 받은 일이 있었지만, 이번만은 어쩐지 정신이 아찔해지는 것 같았다. 그녀는 부들부들

떨리는 손으로 전보용지를 펴 들었다. 전보에는 이렇게 적혀 있었다.

'이반 페트로비치 금일 돌연 사망. 화요일 장례식. ××× 지시를 바람'

장례식 다음에 적힌 글자는 전혀 뜻 모를 말이었다. 발신인은 소가극단 무대 감독이었다.

"여보! 바니치카!"

올렌카는 흐느껴 울었다.

"나의 소중한 바니치카! 이게 어떻게 된 일이에요! 왜 나는 당신과 만났을까요? 왜 나는 당신을 사랑했을까요? 불쌍한 당신의 올렌카를 두고, 이 가엾고 불행한 올렌카를 두고, 당신은 혼자 어디로 갔단 말이에요?"

쿠킨의 장례식은 화요일에 모스크바에서 치러졌다. 그리고 올렌카는 수요일에 집으로 돌아왔다. 방에 들어서자마자 그녀는 침대에 몸을 던지고, 한길에서나 이웃집에서도 들릴 만큼 큰소리로 통곡을 했다.

"가엾기도 해라!"

이웃집 사람들은 가슴에 성호를 그으며 말했다.

"귀여운 올가 세묘노브나, 가엾은 사람! 너무나 슬퍼하는군요!"

그로부터 석 달이 지난 어느 날, 수심에 찬 올렌카는 상복을 입고 미사에서 돌아오는 길이었다. 이웃에 사는 바실리 안드레이치 푸스토발로프도 역시 교회에서 돌아오는 길이었는데, 우연하게도 올렌카와 나란히 걷게 되었다. 그는 바바카예프라는 목재상의 주인이었다. 맥고모자를 쓰고 금으로 만든 시곗줄을 드리운 흰 조끼를 받쳐 입은 폼이, 상인이라기보다는 차라리 시골 지주라는 편이 더 어울릴 것 같은 사람이었다.

"세상의 모든 일은 다 주님의 안배하심에 따라 결정되는 것입니다, 올가 세묘노브나."

그는 동정어린 음성으로 침착하게 타이르듯 말했다.

"우리가 아끼고 귀중히 여기는 사람 중의 누가 죽는다 해도 그것은 주님의 뜻입니다. 우리는 슬픔을 그 뜻에 순종하는 것이 옳지 않겠습니까?"

대문까지 올렌카를 바래다 준 다음 그는 작별 인사를 하고 돌아갔다. 이 일이 있은 후, 그의 침착하고 위엄 있는 음성은 그녀의 귓전에서 온종일 사라지지 않았고, 눈을 감기만 하면 그의 검은 수염이 떠올랐다. 올렌카는 그를 퍽 좋아하게 되었다. 남자 편에서도 그녀에게 관심을 가지고 있는 것이 틀림없었다. 그것은 며칠 후 조금 안면이 있는 중년 부인이 커피를 마시러 집으로 찾아와서 식탁에 앉기가 무섭게 푸스토발로프 얘기를 꺼내며, 그가 아주 착실하고 믿음직스러운 신랑감이기 때문에, 그 사람에게 시집

가라는 말만 나와도 늬집 색시든지 혹하고 덤빌 것이라는 말을 장황하게 늘어놓고 갔다. 그리고 사흘 후에는 푸스토발로프 자신이 찾아왔다. 그는 불과 10분이나 앉아 있었을까, 말도 몇 마디 하지 않고 돌아갔으나 올렌카는 벌써 그를 사랑하고 있었다. 얼마나 그에게 반해 버렸는지, 그 날은 밤새도록 잠을 이루지 못하고 열병에 걸린 사람처럼 들떠 있었다. 그래서 아침이 되기가 바쁘게 그 중년 부인을 불러오게 했다. 곧 혼담이 성립되었고, 그 다음 결혼식도 끝났다.

결혼한 후, 푸스토발로프와 올렌카는 의좋게 지냈다. 남편은 보통 점심때까지 상점에 앉아 있다가 일을 보러 밖으로 나가곤 했다. 그러면 올렌카가 그를 대신해서 저녁때까지 앉아서 계산서를 작성하기도 하고 물건을 팔기도 하였다.

"목재는 해마다 20퍼센트씩이나 값이 오르고 있답니다."

물건을 사러 오는 사람이나 아는 사람들에게 그녀는 이렇게 설명했다.

"그도 그럴 것이, 이전에는 이 지방 목재만 가지고도 장사가 되었는데, 지금은 우리 주인 바시치카가 목재를 구입하러 모길레프현(懸)까지 해마다 다녀와야 합니다. 그리고 또 그 운임은……"

이렇게 말하며, 그녀는 두 손으로 뺨을 감싸며 아주 놀란 표정을 지어 보였다.

"아주 엄청나게 먹힌다니까요!"

올렌카는 벌써 오래 전부터 자기가 목재상을 경영해 온 것처럼 느끼게 되었고, 또 목재야말로 인간 생활에서 가장 중요하고 필요불가결한 물건인 것처럼 생각하게 되었다. 그리고 대들보, 통나무, 서까래, 판자, 각재, 창재, 기둥, 톱밥 등등 이런 말들이 어릴 적부터 귀에 익은 것처럼 다정스럽게 들리는 것이었다. 잠을 잘 때에도, 산더미처럼 차곡차곡 쌓아 올린 두껍고 얇은 판자라든가, 어디론지 시외로 나무를 운반해 가는 우마차의 기다란 행렬이라든가, 길이가 30척이 넘는 일곱 치 들보 각재가 곤두서서 마치 군대처럼 재목 저장고로 행군하는 꿈을 꾸었다. 통나무, 들보, 찬자 같은 마른 나무가 요란한 소리를 내고 서로 부딪치며 한꺼번에 무너져 내렸다가는 다시 저절로 쌓아지는 꿈도 꾸었다. 그럴 때 올렌카는 소스라쳐 깨어나곤 했다. 그러면 푸스토발로프가 어린애 달래듯 말했다.

"왜 그러지, 올렌카? 어서 성호를 그어요!"

남편의 생각은 바로 아내의 생각이기도 했다. 가령 남편이 방이 너무 넓다고 생각하거나 장사가 시원치 않다고 생각하면, 그녀도 역시 그렇게 생각하는 것이었다. 남편은 어떤 종류의 오락도 좋아할 줄 몰랐다. 공휴일에도 그는 집 안에만 틀어박혀 있었고, 아내도 역시 매한가지였다.

"매일 집 안에나 사무실에만 박혀 있지 말고 극장 같은 데 구경이라도 좀 다녀보시지."

가깝게 지내는 사람들은 그녀에게 이렇게 권했다.

"우리 바시치카와 나는 극장엔 가지 않기로 했어요."

그녀는 위엄 있는 말투로 대답했다.

"우리 같은 장사꾼에게는 그런 우스꽝스러운 구경을 하고 다닐 여가가 없습니다. 극장에 다녀와야 뭐 하나 이로울 게 있어야죠."

토요일이면 푸스토발로프 내외는 저녁 기도회에 참석했고, 일요일엔 아침 미사에 참례했다. 교회에서 돌아 올 때 그들은 부드러운 표정으로 나란히 걸었다. 아내의 비단옷은 사락사락 기분 좋은 소리를 내었고, 남 보기에도 두 사람은 행복해 보였다. 집에 돌아와서는 버터빵에 여러 가지 잼을 발라 먹고 난 뒤 차를 마셨으며, 그 다음 케이크를 먹었다. 매일 점심때가 되면 이 집에서는 스프며, 양고기며, 요리를 볶는 냄새가 대문 밖 한길까지 풍겨 나왔다. 육식을 금하는 소재(小齋)날에는 생선으로 요리를 만들어 먹었다. 그래서 누구나 이 집 앞을 지날 때 군침을 삼키지 않는 사람이 없었다. 사무실에는 언제나 사모바르가 끓고 있어서 사람들은 차와 도넛을 대접받았다. 일주일에 한 번씩 이 부부는 목욕탕에 갔다가 불그레하게 상기된 얼굴로 나란히 집에 돌아오곤 했다.

"덕분에 잘 지내고 있지요."

올렌카는 아는 사람을 만나면 이렇게 말했다.

"남들도 모두 바시치카와 내가 사는 것처럼 행복하게 살 수 있었으면 한답니다."

푸스토발로프가 목재를 구입하러 모길레프 현에 다녀오는 동안 그녀는 적적해 했고, 밤잠도 못 자고 눈물만 짜고 있었다. 그녀의 집 건너 방을 빌려 쓰고 있는 젊은 군 수의관인 스미르닌이 저녁이면 이따금 놀러왔다. 그는 올렌카에게 여간 위로가 되는 게 아니었다. 스미르닌의 가정 얘기는 특히 그녀의 관심을 끌었다. 수의관에게는 아내와 아들 하나가 있었는데, 아내의 행실이 좋지 못해서 헤어졌다고 했다. 그는 지금 자기 아내를 몹시 원망하고 있기는 하지만, 아들의 양육비로 매달 40루블씩 보내 주고 있다는 것이었다. 그런 얘기를 들으며 올렌카는 한숨을 쉬고 머리를 흔들었다. 그가 측은히 여겨졌기 때문이었다.

"주께서 당신을 구해 주시도록 기도하겠어요."

층계까지 촛불을 들고 나와서 그를 배웅하며 올렌카가 말했다.

"심심한데 와 주셔서 참 고마웠어요. 주께서 당신에게 건강을 주시고, 또 성모 마리아님께서도….'

그녀의 말투는 남편을 닮아 침착하고 위엄이 있었다. 아래층 문을 열고 나가려는 수의관을 일부러 불러 세우고 그녀는 이렇게 충

고했다.

"블라지미르 플라토니치, 부인과 화해하셔야 합니다. 아이를 봐서라도 부인을 용서해 줘야지요! 아이의 마음에 그늘이 지게 해서는 안 돼요."

푸스토발로프가 돌아오자, 그녀는 남편에게 수의관의 불행한 가정 얘기를 소곤소곤 들려주었다. 그리고 그들 내외는 한숨을 쉬고 머리를 저으면서, 그 어린 애는 얼마나 아버지가 보고 싶겠느냐고 남의 일 같지 않게 동정을 했다. 그러던 내외는 이심전심으로 뜻이 통하여 성상(聖像)앞에 무릎을 꿇고, 자기들에게도 자식을 갖게 해달라는 기도를 드렸다.

이리하여 푸스토발로프 내외는 깊은 사랑 속에서 말다툼 한 번한 일 없이 6년 동안 조용하고 평화로운 나날을 보냈다. 그러던 것이 어느 겨울날, 푸스토발로프는 상점에서 뜨거운 차를 한 잔마시고, 목재가 반출되는 것을 살피러 모자도 쓰지 않은 채 밖으로 나갔다가 그만 감기에 걸려서 결국 앓아눕게 되었다. 이름난의사들을 불러 보았지만 그의 병세는 조금도 차도가 없더니, 넉달을 누워 앓고는 끝내 세상을 떠나 버리고 말았다. 올렌카는 다시 과부가 된 것이다.

"나를 두고 당신은 혼자 어디로 가신단 말이에요, 여보!"

남편의 장례식을 치르고 그녀는 이렇게 통곡했다.

"당신 없이 나 혼자 앞으로 어떻게 살아가요. 내가 가엾고 불쌍하지도 않으세요? 날 보살펴 줄 사람이라고는 이웃 분들밖에 없어요. 나는 이제 사고무친의 고아가 되 버렸어요……"

올렌카는 상장(喪章)이 달린 검은 옷을 입고 모자나 장갑을 끼지 않았으며, 교회나 남편의 묘지에 가는 경우 외에는 밖으로 나오는 일이 없었다. 마치 수녀원의 수녀와 같은 생활을 하는 것이었다.

푸스토발로프가 죽은 후 6개월이 지나자, 올렌카는 상복을 벗었고 들창에 무겁게 닫았던 덧문을 열어놓기 시작했다. 아침이면 이따금 식모를 데리고 시장에 나가는 그녀의 모습을 사람들은 볼 수 있게 되었다. 그러나 집안에서 그녀가 어떻게 지내고 있는지, 또 무슨 일이 일어나고 있었는지, 그런 것은 그저 제 멋대로 추측을 해 보는 수밖에 다른 도리가 없었다. 그녀가 뜰 안에 앉아 수의관과 함께 차를 마시고 있다느니, 수의관이 그녀에게 신문을 읽어주고 있는 것을 누가 보았다느니, 또 우체국에서 어떤 친구를 만나 올렌카가 이런 말을 하더라 하는 소문이 그러한 추측의 근거가 되었다.

"이 고장에서는 가축 관리가 제대로 되고 있지 않아요. 그것이 여러 가지 전염병이 생기는 원인이지요. 우유로부터 병을 얻게 되고, 말이나 소로부터는 무서운 병이 사람에게로 옮겨진다는 사실쯤은 늘 들어 알 텐데…… 가축의 건강에 대해서도 사람의 건강 못지않게 세심한 주의가 필요해요."

그녀는 수의관의 견해를 그대로 남에게 되풀이해서 말했다. 그리고 무슨 일에 대해서나 그녀는 벌써 수의관과 꼭 같은 의견을 가지고 있었다. 올렌카는 그 누구에 대한 애정이 없이는 단 1년도 살아갈 수 없는 여자임이 분명했다. 그래서 그녀는 자기 집 건넌 방에서 새로운 행복을 찾은 것이었다. 이것이 다른 여자였더라면 사람들로부터 비난을 받았겠지만, 올렌카의 경우에는 누구도 나쁘게 해석하지 않았다. 그것이 그녀에게는 너무도 당연하다고 생각했기 때문이었다. 올렌카와 수의관은 누구에게도 자기들의 관계가 달라졌다는 말을 입 밖에 내지 않았고, 될수록 감추려 했지만, 그것은 불가능한 일이었다. 올렌카는 비밀이라는 것을 가질 수 없는 여자였다. 같은 연대에 근무하는 수의관의 친구들이 오면 올렌카는 그들에게 차를 대접하기도 하고, 어떤 때는 밤참을 차리기도 했다.

그런 자리에서 그녀는 소의 전염병이며 구제역 등 가축의 질병이나, 시(市)의 도살장과 같은 문제에 대해 늘어놓기가 일쑤여서 수의관을 난처하게 만들었다. 손님들이 돌아간 후 수의관은 그녀의 손을 붙잡고 화를 내며 나무랐다.

"제대로 알지도 못하는 그런 얘긴 하지 말라고 그러지 않았소!

94

우리 수의사끼리 얘기할 땐 제발 참견 좀 하지 말아요. 내 꼴이 뭐가 되겠소!"

그러면 올렌카는 놀라서 불안한 얼굴로 그를 쳐다보며 말했다.

"그럼 블로디치카, 난 무슨 말을 하면 좋아요?"

그리고 눈물이 글썽해서 그를 껴안으며, 성내지 말아 달라고 애원 했다. 두 사람은 행복했다.

그러나 그 행복도 오래 계속되지는 못했다. 연대가 딴 곳으로, 시베리아로 가는 것은 아니었지만 아주 먼 곳으로 이동하게 되어, 수의관도 연대와 함께 영영 떠나가 버린 것이다. 결국 올렌카는 다시 혼자 남게 되었다. 아버지도 이미 오래 전에 세상을 떠났고, 그가 앉았던 의자는 다리가 하나 부러진 채, 먼지를 가득 쓰고 지붕 밑 창고 속에 박혀 있었다. 그녀의 복스럽던 얼굴도 이제는 여위고 귀엽던 모습이 사라졌다. 거리에서 만나는 사람들도 이전처럼 그녀에게 미소를 던지는 일이 없었다. 분명 젊고 아름답던 시절은 이미 지나가 버리고 다시는 그녀에게 되돌아올 수 없게 되었다. 그리고 이제는 행복이란 꿈도 꿀 수 없는 음울한 생활이 새로 시작 되었다. 해가 기울어지면 올렌카는 현관 층계에 앉아 있었다. 야외극장으로부터 예나 다름없이 음악소리와 폭죽 터지는 소리가 들려왔지만, 지금은 아무런 감흥도 일어나지 않았다. 아무 생각도 없이, 그리고 아무 욕망도 없이 그저 멍하니 정원을 바라보고 있을 뿐이다. 그러다가 밤이 오면 잠자리에 들어가서 꿈속에서 폐허 같은 자기 정원을 다시 보는 것이다. 음식은 마지못해 먹는 흉내만 냈다.

그러나 그녀에게 있어서 가장 큰 불행은 이제 아무 일에도 자기 의견을 가질 수 없게 되었다는 것이다. 물론 자기 주위의 사물이 눈에 띄었고, 또 주위에서 일어나는 일을 알고 있기는 했지만, 그런 일에 대해 자기 의견을 전혀 내세울 수 없었을 뿐더러, 무슨 얘기를 할지 갈피를 잡을 수가 없었다. 자기 의견을 가질 수 없다는 것이 그녀에게는 얼마나 무서운 일이었는지 모른다. 가령, 유리병(瓶)이 놓여 있다든지, 비가 온다든지, 농부가 달구지에 올라타고 간다든지 하는 것을 보았다 해도, 그 병이 왜 거기에 놓여 있으며, 무엇 때문에 비가 오며, 또 농부는 무엇을 하러 가는지 자신의 생각을 얘기할 수 없었다. 누가 천 루블을 줄 테니 말해 보라고 해도 아무 말을 하지 못할 것 같았다. 쿠킨이나, 푸스토발로프, 수의관과 함께 지낼 때에는 모든 일에 대해 설명할 수 있었고, 그럴싸한 자기 의견을 말할 수 있었다. 그러나 지금 그녀의 머릿속과 가슴속은 자기 집 뜰 안처럼 공허했다. 그것은 입에는 쑥처럼 거칠고 쓰디쓴 일이었다.

시가지가 점점 사방으로 퍼져 나와서 츠이간스카야 슬로보드카도 이제는 큰거리가 되었다. 티볼리 극장과 목재상이 있던 자리에는 집들이 즐비하게 늘어서서, 이리저리 골목길이 생겼다. 참으로 세월은 빠른 것이다. 올렌카의 집은 연기에 그을고, 지붕은 녹이슬고, 헛간은 한쪽으로 기울어졌으며, 뜰에는 잡초와 가시나무가 무성했다. 집주인인 올렌카의 얼굴에도 흉하게 주름이 늘어갔다.

여름이면 허전한 마음으로 시름없이 현관 층계에 나와 있었고, 겨울에는 눈 내리는 것을 바라보며 들창가에 앉아 있었다. 훈훈한 봄바람이 불기 시작하고, 그 바람을 타고 교회의 종소리가 들려오면, 문득 지난날의 추억이 한꺼번에 되살아나서 가슴이 미어질 것 같았다. 그리고 자기도 모르게 눈물이 흘러내렸다. 그러나 그 눈물도 오래가진 못했다. 다시금 무엇 때문에 사는지 알 수 없는 공허감이 그 자리를 차지했다. 브리스카라고 부르는 새까만 고양이가 야옹거리며 곁에 와서 재롱을 부렸지만, 그것이 올렌카의 마음을 움직이게 할 수는 없었다. 그녀에게 고양이의 재롱이 무슨 소용이 있겠는가? 그녀에게 필요한 것은 자기의 모든 존재, 자기의 이성과 영혼을 독점하고 생각할 수 있는 생활의 방향을 제시해 주며, 식어가는 피를 따뜻하게 해 줄 수 있는 그러한 사랑이 필요했다. 그녀는 옷깃에 매달리는 고양이를 떼어내 밀쳐 버리며 짜증을 냈다.

"저리 가! 귀찮다!"

그렇게 날이 가고 해가 갔으며 아무런 기쁨도, 아무런 자기 의견도 없이 그렇게 세월을 보내며 해가 거듭되었다. 살림은 식모 마르파가 하는 대로 맡겨 두었다.

무더운 7월 어느 날 저녁이었다. 시외로 나가던 소들이 집 안에 온통 먼지를 뒤집어 씌우며 지나갈 무렵 누군가 대문을 두드리는 사람이 있었다. 올렌카가 나가서 문을 열었다. 그리고 밖을 보았을 때, 하마터면 기절을 할 뻔했다. 문 밖에는 이미 머리가 희끗한 수의관 스미르닌이 일반인 복장을 하고 서 있었다. 순간 그녀에게 잊어버렸던 과거가 한꺼번에 되살아났다. 그녀는 어쩔 줄 몰라, 한마디 말도 입 밖에 내지 못한 채 그의 가슴에 머리를 파묻고 흐느끼는 것이었다. 걷잡을 수 없는 흥분 속에서, 그 다음 그 사람이 어떻게 집으로 들어오고, 어떻게 차를 마시러 식탁에 와서 마주앉았는지 알 수 없었다.

"당신이 오셨군요!"

기쁨에 떨리는 목소리로 그녀는 속삭이듯 말했다.

"블라드미르 플라토니치! 어디 계시다 이렇게 찾아오셨어요?"

"아주 이 고장에 와서 살기로 했습니다."

수의관도 입을 열었다.

"군대도 그만 두고, 이제 내 맘껏 안정된 생활을 해 보려 왔지요. 그리고 아들놈도 학교에 입학시킬 때가 되었습니다. 다 자랐어요. 나는… 알고 계신지 모르겠지만, 아내와 화해를 했습니다."

"그럼 부인은 어디 계신데요?"

올렌카가 물었다.

"아이와 여관에 있습니다. 그래서 지금 셋방을 얻으러 다니는 길이에요."

"아니 셋방이라니, 그게 무슨 말씀이세요? 우리 집에 와 계시면 될 텐데, 여기가 마음에 안 드시나요? 방세는 한푼도 안 받을테니 우리 집으로 오세요, 네?"

올렌카는 다시 흥분해서 눈물을 흘렸다.

"이 방을 쓰도록 하세요. 저는 건넌방 하나면 되니까. 그렇게 하시면 전 얼마나 좋을지 몰라요!"

이튿날, 지붕에는 벌써 페인트칠을 하고 벽도 희게 칠하게 했다.

올렌카는 가슴을 펴고 두 손을 허리에 얹고서 집 안을 돌아다니며 여러 가지 일을 감독했다. 얼굴에는 예전과 같은 미소가 떠올랐으며, 마치 오랜 잠에서 깨어난 것처럼 온몸에 활기가 넘치는 것 같았다. 수의관의 부인이 아들과 함께 이사를 왔다. 못생긴 얼굴에 머리를 짧게 자르고, 성미가 까다로울 것 같은 여윈 몸집의 여자였다. 아들 사샤는 열 살 난 어린애치고는 키가 작고 뚱뚱한 편이었는데, 눈이 파랗고 볼엔 보조개가 오목 패어 있었다. 아이

는 뜰 안에 들어서기가 무섭게 고양이를 쫓아서 달려가더니 곧이
어 명랑하고 즐거운 웃음소리가 들려왔다.

"아주머니, 이거 아주머니네 고양이죠?"

사샤가 올렌카에게 물었다.

"새끼 낳으면 우리 하나 주세요, 우리 어머닌 쥐를 제일 싫어해
요."

올렌카는 차를 따라 주며 사샤와 이야기를 하고 있노라면 가슴
이 훈훈해 오고, 이 아이가 자기 자식처럼 여겨지는 것이었다. 저
녁에 사샤가 책상에 앉아 복습을 하고 있으면, 그녀는 그 모습을
대견스럽게 바라보며 속으로 중얼거렸다.

"참 귀엽기도 하지… 어쩌면 어린 것이 저렇게 똑똑하고 깨끗하
담!"

"섬은 사면이 바다로 둘러싸인 육지의 한 부분입니다."

사샤가 소리를 내어 읽었다.

"섬은 사면이 바다로 둘러싸인…"

올렌카도 받아 읽었다. 이것이, 여러 해 동안 자기 생각과 견해
라는 것을 모르고 침묵 속에서만 살아 온 그녀가 자신을 가지고
처음 입 밖에 낸 의견이었다. 이제야 올렌카는 자기 자신의 의견
을 가지게 된 것이다. 밤참 때 그녀는 사샤의 양친과 이야기하면
서, 중학교 과목은 어린애들에겐 어렵긴 하지만, 실업 교육을 받

게 하는 것 보다는 역시 기초적인 고전들을 교육시키는 중학교가 장래를 위해서 더 좋다고 했다. 즉, 중학교를 마치면 의사라든가 기술자라든가, 자기가 원하는 대로 진출할 수 있는 길이 트이기 때문이라는 것이었다.

사샤는 중학교에 다니게 되었다. 그녀의 어머니는 하르코프에 있는 자기 언니네 집에 가서 돌아오지 않았고, 아버지는 검사를 하기 위해 출장을 자주 가서 어떤 때는, 2,3일씩 묵었다가 오는 일도 있었다. 올렌카가 보기에 사샤는 자기 가정에서 거추장스러운 존재가 되었고, 굶고 있는 것 같았으며, 따라서 완전히 버림을 받은 것이나 다름이 없었다. 그래서 아이를 데려다가 자기가 거처하는 건넌방에 붙은 조그만 방 하나를 마련해 주었다.

사샤가 올렌카에게 온 지도 벌써 반 년이 지났다. 아침이 되면 그녀는 아이 방으로 들어갔다. 사샤는 한쪽 뺨 밑에 손바닥을 괴고 죽은 듯이 잠자고 있었다. 아이를 깨우는 것이 안쓰러워서 그녀는 망설였다.

"얘, 사센카야!"

올렌카는 애처로운 듯이 아이를 불렀다.

"이제 일어나거라, 학교에 갈 시간이다!"

사샤는 일어나서 옷을 갈아입고 아침 기도를 드린 다음, 차 석 잔과 커다란 도넛 두 개, 그리고 버터 바른 빵을 조금 먹었다. 잠이 채 깨지를 않아서 언제나 아침을 뾰로통해서 먹기가 일쑤였다.

"그런데 사센카야, 너 학교에서 배운 그 우화(寓話)를 제대로 따라 외우지 못했더구나."

마치 아이를 어디 먼 곳으로 떠나보내기나 하는 것처럼 그녀는 이렇게 타일렀다.

"나는 항상 네 일이 걱정이란다. 열심히 공부하고… 선생님 말씀도 명심해 들어야 한다. 알겠니?"

"아이, 그런 말 제발 그만하세요!"

사샤는 이렇게 내쏘곤 했다.

이윽고 소년이 자기 머리보다 훨씬 큰 모자를 쓰고 책가방을 둘러메고 한길에 나가 학교 쪽으로 걸어가면, 올렌카도 그 뒤를 슬금슬금 따라 나섰다.

"사센카야!"

뒤에서 불러 세워서는 대추나 캐러멜을 손에 쥐어 주기도 했다.

학교가 있는 골목길로 접어들면 사샤는, 몸집이 큰 여자가 자기 뒤에 따라오는 것이 부끄러워서 뒤를 돌아보며 말했다.

"이제 돌아가세요, 아주머니. 혼자 갈 수 있어요."

올렌카는 멈추어 서서 소년이 교문 안으로 사라질 때까지 물끄러미 바라보았다. 소년에 대한 그녀의 애정이 얼마나 깊은지 아는 사람은 없었다! 과거에 사랑한 그 누구에게도 그처럼 깊은 애정을 바친 적이 없었다. 모성애가 날이 갈수록 불타오르고 있는 지금처럼, 그렇게 헌신적으로 순결하며, 자기에게 희열을 주는 애정이 그녀의 영혼을 독차지해 버린 일이 결코 없었다. 자기와는 핏줄도 다른 이 소년에게, 볼에 팬 오목한 보조개에, 커다란 학생모에 그녀는 눈물과 기쁨으로 자기의 한평생을 바칠 수 있었다. 어째서 그런지 과연 누가 대답할 수 있으랴!

사샤를 학교에 바래다 주고 올렌카는 흡족하고 평온한 마음으로 천천히 집으로 돌아왔다. 이 반 년 동안에 한결 젊어진 그녀의 얼굴에는 밝은 미소가 떠날 줄 몰랐다. 길에서 만나는 사람들은 옛날처럼 그녀에게 친밀감을 느끼며 말을 걸어오게 되었다.

"안녕하시오, 귀여운 올가 세묘느브나. 요새 어떻게 지내십니까?"

"중학교 학과가 아주 어려워졌더군요."

시장에서 그녀는 이런 말을 했다.

"글쎄, 어제는 1학년 애들에게 우화 암송과 라틴어 번역과 또 수학 문제까지 내주었으니, 그게 말이나 됩니까… 아직 어린 아이들에게 부담이 너무 과하지 않겠어요?"

그러면서 교사들과, 학과, 교과서 등에 대해 사샤에게서 들은 얘기를 그대로 늘어놓기 시작했다.

오후 세 시에 점심을 먹고, 저녁에는 함께 예습을 하느라 진땀을 빼곤 했다. 사샤를 잠자리에 뉘며 그녀는 몇 번이고 성호를 긋고 입 속으로 기도를 드렸다. 그런 뒤에야 자기도 자리에 누워 사샤가 대학을 마치고, 의사나 기술자가 되어 마굿간과 마차까지 있는 커다란 저택을 가지게 되고, 또 결혼해서 자식을 낳고… 이와 같이 아득히 먼 미래에 대한 환상에 잠기는 것이었다. 눈을 감고 그런 생각을 하고 있으면 뺨에는 하염없이 눈물이 흘렀다. 겨드랑이 밑에서 고양이가 코를 골고 있었다.

어느 날 밤중에 별안간 대문을 꽝꽝 두드리는 소리가 났다. 올렌카는 겁을 먹고 벌떡 일어나 앉았다. 숨이 콱 막혔다. 가슴에서 마구 방망이질을 했다. 잠깐 사이를 두고 다시 문을 두드리는 소리가 들려왔다.

'하르코프에서 전보가 왔구나'

올렌카는 온몸이 후들후들 떨렸다. 그녀는 불현 듯 이런 생각이 들었다.

'사샤의 어머니가 그애를 하르코프로 보내라고 전보를 쳤나봐… 아… 이 일을 어쩌면 좋아!'

올렌카는 절망 속에 빠져들어갔다. 머리와 사지가 얼음장처럼 얼어붙는 것 같았다, 그리고 이 세상에서 자기보다 더 불행한 사람은 없을 거라고 생각했다. 그러나 잠시 후 사람의 목소리가 들렸다.

수의관이 클럽에서 돌아온 것이었다.

"아이, 감사해라."

그녀는 숨을 몰아쉬었다. 가슴속에 뭉쳤던 무거운 것이 차차 풀리며 다시 가벼워졌다. 올렌카는 옆방에서 깊이 잠들어 있는 사샤를 생각하며 자리에 누웠다. 이따금 사샤의 잠꼬대가 들려왔다.

"때려 줄 테다! 저리가, 닥쳐!"

by Anton Chekhov

공연 해설

체홉, 그의 사랑을 느껴보다

예술감독 우현철

체홉은 1860년 러시아의 항구 도시 타간로크에서 태어났다. 체홉의 조부는 농노였고 부친은 작은 채소가게를 운영한 상인이었다. 이렇듯 그의 집안은 부유함과는 거리가 멀었기에 체홉은 어릴 때부터 가게일을 도와 생계를 유지해야만 했다. 후에 부친이 파산하여 체홉은 경제적으로 더욱 어려움을 겪게 됐으나, 마침 장학금을 받아 모스크바 대학의 의과에 입학하게 된다. 이 시기부터 체홉은 부모와 세 동생을 부양하기 위해 모스크바의 잡지에 글을 기고할 수 있는 기회를 얻는다. 천우신조인지 마침 그의 글은 대중들에게 많은 사랑을 받게 되고, 대학 졸업반 시절에는 신진작가로서 그 명성까지 얻게 된다.

이 후 어렵사리 의대를 졸업한 체홉에게 폐결핵이란 병이 찾아

온다. 하지만 좋지 않은 건강 속에서도 극작을 꾸준히 창작하여 주옥같은 희곡들을 세상에 알리기 시작한다. 그는 천재적 희극성을 지닌 「곰」, 「청혼」 등의 단막희곡을 비롯해서 4대 장막희곡으로 일컬어지는 「갈매기」 「바냐 아저씨」 「세 자매」 「벚꽃동산」 등의 작품을 남긴다. 특히 4대 장막희곡은 당시 러시아인의 삶을 무대를 그대로 옮긴 듯한 사실적 방식으로 기존의 희곡과는 전적으로 차별화를 시도한다.

일상 자체를 파격적으로 무너뜨리는 사건 없이 잔잔하게 펼쳐지는 드라마는 기존 희곡에 익숙해져 있던 관객에게 또 다른 감동을 안기게 된다.

그리스 비극의 파격적 삶보다도 어쩌면 보통의 삶 속에서 진정한 자아를 찾을 수 있다는 것이 체홉의 관점이라고도 할 수 있다.

체홉의 생애를 살펴보면 작가로서의 활동뿐 아니라, 의사로서 마을사람을 치료하거나 학교를 세우는 등 사회봉사에도 많은 심혈을 기울였던 것이 관찰되어진다. 이는 작가로서의 삶을 성찰하고자 한 그의 인간적 면모를 살필 수 있는 부분이다. 1904년, 체홉은 결국 폐결핵으로 짧은 삶을 마감하게 된다.

「안톤 체홉의 사랑*」은 제목에서 보는 바와 같이 이 연극은 세 개의 '사랑' 에피소드로 구성된 작품으로 그 공통분모 역시 '사랑'

이다. 이 중「곰」과「청혼」은 체홉의 단막희곡이며,「마지막 유혹」은 닐 사이먼의「굿닥터」에서 가져왔다. 세 개의 에피소드에 앞서 등장하는「어느 공무원」에피소드는 본론을 이야기하기 전 프롤로그 형식을 띄는 에피소드라고 보면 되고, 이 역시「굿닥터」중 하나의 에피소드다.

「굿닥터」는 이미 잘 알려진 바와 같이 총 9개의 에피소드로 구성된 옴니버스 희곡으로써, 체홉의 단편소설들을 패러디하였다. 그러므로「안톤 체홉의 사랑^a」의 본질은 체홉의 사랑 이야기라 해도 과언이 아니다.

세상에는 여러 가지 사랑이 존재하는데, 이 작품에서는 유부녀, 과부, 노처녀에게 갑자기 찾아온 사랑이야기가 진행된다. 이 세상에서 사랑과 관련된 것들을 이야기하자면 너무도 많지만 그 중에서도 이와 같이 특별할 수도 있는 사랑도 존재한다는 것은 관객들에게 흥밋거리가 될 수도 있다.

그래서인지「안톤 체홉의 사랑^a」은 심각하고 어려운 사랑보다는 편하고 웃기고 친근한 사랑에 중점을 둔다. 산다는 게 얼마나 복잡하고 어려운 일인가. 공연을 보러온 관객들도 마찬가지로 삶의 힘겨움에 허덕이고 있을 지도 모른다. 이들이 다시 삶의 활력소를 찾고 내일을 힘차게 열 수 있는 최고의 처방은 바로 '사랑'이라는 묘약을 주는 것이다.

이러한 측면에서 체홉 식의 사랑은 관객에게 최고의 선물이 될 수 있다. 체홉이 이야기하고 있는 사랑은 결코 가볍게 보여지는 사랑은 아니다. 과하지도 난잡하지도 않다. 굳이 이러한 사랑을 언어로 표현해야 한다면 '진지하지만 맛깔 나는 사랑'일 수도 있다. 「안톤 체홉의 사랑³」은 무대에서 '진지하지만 맛깔 나는 사랑'을 보여주기 위해 우선 번안 작업을 시도했다. 앞으로도 이 작업은 관객의 성향에 맞춰 꾸준하게 보완될 것이다. 그냥 가벼운 마음으로 두 가지 음식을 맛본다고 생각하면서 관극을 하는 것이 가장 좋다. 그렇다면 아마도 인생에 있어 사랑의 참된 의미를 느낄 수도 있는 그런 시간이 되지 않을까 싶다.

첫 번째 에피소드 「어느 공무원」_닐 사이먼 作 「굿닥터」 중 '재채기'

「어느 공무원」은 어느 소시민의 죽음을 다룬 에피소드다. 상황과 사건진행만을 놓고 본다면 웃기다 못해 어이없을 정도의 상황이지만, 그렇다고 마냥 웃고만 끝낼 수 없는 이야기라 할 수 있다. 왜냐하면 텍스트에서 갑의 국가권력과 을의 소시민이 첨예하게 대치하는 상황이 발견되기 때문이다. 현대사회에서도 여전히 '가진 자'와 '덜 가진 자'와의 관계는 수평적이지만은 않다. 그간 수평적 관계를 희망하는 많은 사람의 희생이 뒤따랐으나 아직도 많은 억압과 불공평이 산재해 있다.

원작의 주인공은 국가 공원 관리부 소속의 관청에서 말단 공무원 노릇을 하고 있는 이반 일리치 체르디아코프다. 그가 삶을 살면서 단 하나 정열을 바치고 있는 취미는 바로 연극관극이다. 그런데 어느 날, 객석에서 바로 앞자리에 앉은 관객과 운명적 조우를 하게 된다. 앞자리 관객은 다름 아닌 공원 관리부의 최고책임자인 미하일 브라셀로프 장관이며, 이반은 이 순간 비극적 전환점을 맞이하게 된다. 다름 아닌, 관극 도중 그의 머리에 재채기를 한 것이다. 말단 공무원에게는 신과 같은 존재, 말 한마디라도 걸어보고 싶은 영광스러운 존재에게 감히 재채기를 하여 더러운 불순물을 머리에 쏟고만 것이다. 이 일로 이반은 너무도 고통스럽다. 고민 끝에 몇 번이나 장관을 찾아가 사죄를 하지만 결국 최종적으로 얻은 것은 최악의 인간을 비유하는 온갖 더러운 말들뿐이었다. 이제 개구리 이반은 장관의 돌팔매를 견딜 수가 없는 지경이 됐다. 사실 그에게 필요한 건 진지하게 사과를 받아들이는 장관의 자세였다. 하지만 장관은 그에게 단 한 순간도 배려나 관심 따위 보이지 않는다. 진정으로 '가진 자'라 함은 물질과 권력 보다는 따뜻한 마음을 '가진 자'다. 그것이 바로 올바른 사회를 이끌어가는 힘이 될 수 있는 것이다.

사랑 이야기 세 개에 느닷없이 '재채기'를 넣은 연출자는 각박하고 모순이 많은 사회를 꼬집은 뒤, 사랑 이야기를 함으로써 사랑

의 환희와 아름다움을 극대화 하고 싶다고 했다. 부디 연출자의
의도대로 이 에피소드가 사랑 이야기에 앞선 웜업 기능을 할 수
있기를 간절히 바란다. 공연 텍스트에서는 이반이 환경부 말단공
무원인 양철로, 그리고 장관은 국정원장으로 바뀌어 진행된다.
안 그래도 국정원 문제로 말 많은 요즘 세태를 작품에 오버랩 시
켜 관객의 관심도를 높이고자 하는 각색으로 인식된다.

두 번째 에피소드 「마지막 유혹」 _닐 사이먼 作 「굿닥터」 중 '겁탈'

프롤로그와 에피소드를 포함해 총 2막 11장으로 구성된 「굿닥
터」는 각 장이 에피소드 형식으로 구성이 되어 있어 공연팀마다,
고유의 색깔과 성향에 맞춰 에피소드를 택일하여 무대화시키는
게 보통이다. 「안톤 체홉의 사랑³」의 두 번째 에피소드는 1막의
여섯 번째 장(章)인 '겁탈'을 가져왔다. 이 장에선 평범하게 살던
유부녀에게 찾아온 '사랑'을 얘기하고 있는데, 이는 세 번째 에피
소드의 '사랑'과도 절묘하게 매치가 된다. 하지만 이것은 절대 우
연은 아니고 다 그만한 이유가 있다. 「굿닥터」가 바로 체홉의 단
편소설을 바탕으로 쓰여졌기 때문이다. 닐 사이먼은 체홉의 작품
을 이용해 패러디도 예술이 될 수 있음을 확실히 보여준 작가다.

오늘날 아쉬운 점은 대중들에게 체홉의 4대 장막희곡만이 너무
잘 알려져 있다는 점이라 할 수 있다. 이에 그의 희극적 역량과 기

질을 「안톤 체홉의 사랑」에서 조금이나마 소개를 하고자 한다.

세 번째 에피소드 「곰」_안톤 체홉 作 「곰」

체홉의 「곰」은 단막으로 구성돼 있고, 이 작품에서는 그가 얼마나 희극작가로서 뛰어난 재능을 가지고 있는지 확연히 드러나게 된다. 「곰」에서는 절대 다른 남자에게 마음을 주지 않을 것 같은 과부에게 찾아온 사랑이 펼쳐지고 있다. 그것도 극중에 표현된 정말 '곰'같은 남자에게 한순간에 허물어져 버리는 여자의 '사랑'을 아주 재미있게 묘사하고 있는 것이다.

사랑의 색깔은 사람에 따라 모두 다를 수도 있겠지만, 이처럼 순식간에 빠져버리는 걷잡을 수 없는 사랑도 있으며, 체홉은 무겁지도 너무 가볍지도 않게 아주 절묘하게 그 사랑을 이야기하고 있다. 그것도 아주 웃기게 말이다. 그러면 이 세 번째 에피소드에서 곰에게 모든 것을 줘버리는 한 여자의 엉뚱하고도 유쾌한 사랑을 지켜보도록 하자.

네 번째 에피소드 「청혼」_안톤 체홉 作 「청혼」

「청혼」은 체홉의 단막희곡 중 가장 대중적 성공을 얻은 작품이라 할 수 있다. 극은 한 남자가 청혼을 하러오고 여기서 그들은 본질에서 벗어난 엉뚱한 문제 때문에 언쟁이 시작돼 싸움으로까지

번지는 과정이 재미있게 담겨져 있다. 하지만 결국 남자는 여자에게 사랑을 고백한다. 오랜 세월 동안 너무도 소심하여 하지 못했던 "사랑한다."라는 말을 남자는 크게 외쳐댄다. 사실 무뚝뚝한 여자도 남자에게 사랑의 감정을 지니고 있었고 결국은 아름답게 고백을 받아들인다.

세상의 수많은 남녀는 사랑 때문에 울고 웃고, 때론 이것이 삶의 전부라는 생각도 하면서 살아가고 있다. 사랑이라는 것의 실체는 누구도 정확히 알 수 없다. 다만 그것이 인간의 삶에 절대적 영향을 미친다는 사실은 분명히 안다. 체홉의 사랑은 수없이 많은 사랑 중 몇 가지 유형에 불과하지만 관객은 그가 제시한 사랑을 통해 알 수 없이 가슴이 두근대는 것을 체험할 수 있다. 그것이 바로 체홉 희곡의 매력이다. 그의 희곡은 사랑의 소중함을 다시 깨닫게 되고 누군가는 또 다시 사랑을 찾아 나서게 만든다. 체홉, 그를 통해 삶에 있어 사랑의 위대한 환희를 느껴보도록 하자.

우현철

수원여대, 장안대 겸임교수를 역임했으며 단국대, 세종대, 홍익대 등에도 출강한 바 있다. 『남자배우를 위한 모노로그 클래스』(연극과 인간, 2007), 『남자배우를 위한 모노로그 클래스』(연극과 인간, 2007), 『영화 속 연기 읽기』(연극과 인간, 2008), 『연극의 소개』(연극과 인간, 2011) 등의 저서를 출간했으며 〈2006 굿바이 마우리시오〉(상명아트홀 2관), 〈오동추야 달이 밝아〉(도발공간 양산박, 2007), 〈사랑-두 개의 에피소드〉(가변무대, 2008), 〈미 아모르〉(세우아트센터, 2009), 〈이해관계〉(더 씨어터, 2010), 〈사랑 사랑 사랑〉(창작극장, 2012), 『Myth 자청비』, 『소시민의 로맨스』 외 다수의 작품을 연출하고 극작했다. 그리고 2012년 상명대에서 연극학 전공으로 박사학위를 받았으며, 현재는 대경대학교 연극영화과 교수로 재직 중에 있다.

LOVE by anton chekhov

지은이 안톤 체홉
옮긴이 김강민
발행인 노승택

발행일 2013년 11월 13일

등록 1988년 3월 5일
등록번호 바-1076호
펴낸곳 도서출판 다트앤

A 서울시 종로구 익선동 34. 비즈웰 오피스텔 719호
T (02)582-3696

값 9,000원

ISBN 978-89-6070-106-9 I 03890